O INÉDITO DE KAFKA

Mayrant Gallo

O INÉDITO DE KAFKA

Cosac & Naify

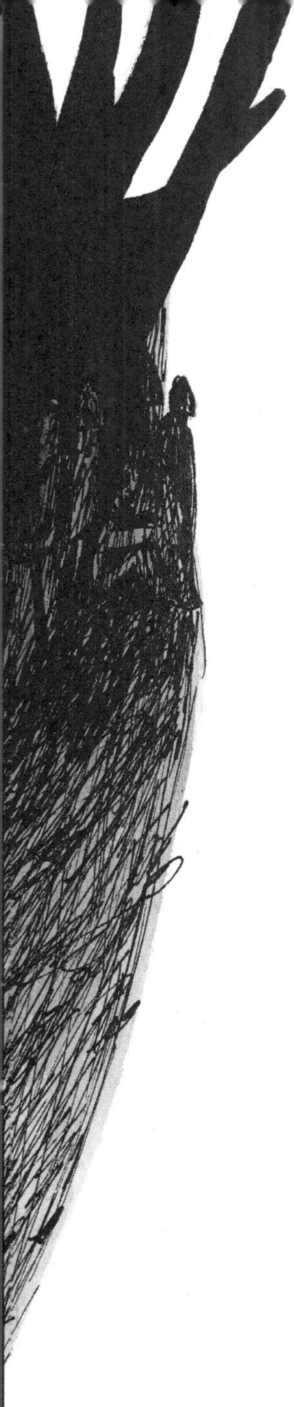

Os camelos procuram e procuram
e não encontram, e certo dia
se acham seus brancos ossos.

Afred Döblin (1878-1957)

Não há no mundo homem
inteiramente feliz. Não há
nem pode haver.

Dezso Kosztolányi (1885-1938)

O AMOR COMO DEVE SER

Numa tarde chuvosa de outono, daquelas em que os guarda-chuvas e sombrinhas trafegam se roçando, e os pés quentes e secos afundam nas poças de lama, gotejando horror nas faces, Cátia telefonou para Cláudio e disse:

— Pode vir.

— Posso ir mesmo?

— Venha — ela repetiu e desligou.

Sem perder tempo, ele colocou a primeira roupa que avistou sobre a cama desarrumada e saiu. O aroma adocicado de alguma fruta cujo sabor Cláudio ainda não conhecia pairava no ar, e ele o aspirou forte, com volúpia. Nas ruas, caminhou o mais rápido que pôde entre as pessoas, e por várias vezes atravessou à frente dos automóveis. Queria chegar logo. Queria chegar, e isso era tudo. Explodir logo, renascer adulto.

— Então seus pais saíram? — ele disse, quando Cátia abriu a porta.

— É. Quer dizer, minha mãe saiu. Meu pai não mora conosco.

Ele entrou, ela fechou a porta atrás dele. Logo estavam no sofá, sentados, ouvindo música. Os dois mal se olhavam.

O que pretendiam fazer exigia um preparo, um prelúdio, uma revisão no alfabeto e na tabuada decorados há muito tempo, na época em que só as brincadeiras interessavam. Mas era melhor que fosse assim, aos goles de olhares, peça sobre peça. Com o vagar da inibição mútua, que transforma todos os instantes em eternidade e todos os gestos num evento único (enquanto o coração corre), as mentes se acostumam às diferenças e sigilosamente buscam possíveis semelhanças.

Ela perguntou se ele queria sorvete.

— Não.

E pudim?

Vinho?

Gelatina?

Doce de abóbora?

— Não, não, nada, nada mesmo — ele respondeu, sempre seco.

Então ela ficou quieta, em silêncio, abandonada no sofá, longe dele. Passado um tempo, perguntou:

— Você gosta da música?

Ele deu de ombros:

— Mais ou menos.

— Você gosta de mim?

É óbvio que ele demorou a responder, mas afinal disse o que ela queria que dissesse. Só que o jeito não correspondeu ao que ela vinha imaginando desde que o viu pela primeira vez, nem aquela manhã, quando afinal decidiu que iria transar com ele. A resposta saiu tosca, simples, sem vida:

— Gosto.

Depois Cláudio se levantou e deu uma volta na sala. Olhou os quadros, os muitos que havia, espalhados sem nenhuma ordem de estilo ou gosto. Olhou um a um, com o interesse de quem olha pregos numa vitrine. Uma tela que misturava o entalhe bruto ao empastelado abstrato chamou sua atenção, e ele tocou o dedo na superfície rude e áspera. Ao terminar a inspeção, havia um pouco de tinta em sua unha. Mas ele nem percebeu.

— O que estamos esperando?

— Nada, não estamos esperando nada — ela disse. E procurou se desviar do caminho dos olhos dele e se concentrar na música. Mas a melodia era fria e estava chegando ao fim. Os olhos de ambos se tocaram.

— Então por que não vamos logo pro quarto?

Foram.

— Você quer jogar? — ela disse.

— Jogar?

— É.

— Jogar o quê?

— O que você escolher. Tem vários jogos...

Um pouco hesitante, e visivelmente contrariado com o desenrolar dos acontecimentos, Claúdio sentou na cama, ao lado de Cátia. Em lugar de jogar, ele preferia que ela ficasse nua. Tudo seria mais simples assim, bastaria tocá-la, em qualquer parte do corpo, que o amor começaria.

Cátia ligou a tevê e o videogame. Depois enfiou o cartucho que ele havia escolhido dentre os muitos que ela derramou de uma caixa de sapatos, sobre a cama. Um jogo qualquer, comum, de um ser que persegue e outro que foge. Cláudio acabou vencendo. Colocaram outro cartucho, agora escolhido por Cátia. Não era muito diferente do primeiro, embora fosse ela quem o perseguia. Após alguns minutos, na iminência de perder, de ser apanhado, Cláudio esticou o braço e desligou o aparelho, a tevê, tudo, de uma só vez, com muitos dedos.

Seu corpo desabou na cama, e ele sorriu. Cátia o olhava, e ele também a olhou, sem graça. Ela o chamou de covarde. O tom era de brincadeira, leve, quase doce, mas Cláudio não gostou. A desforra veio logo, e exagerada:

— Covarde? Isso é apenas um jogo. Você que é covarde. Fica inventando coisa pra gente não começar...

— Não começar... — ela repetiu e se calou com um sorriso.

Entre eles ergueu-se de repente um muro. Não muito alto, nem escorregadio, tampouco sólido demais que um simples impulso não o derrubasse. Era apenas um muro difícil de escalar sem que os cotovelos e os joelhos se esfolassem, e parte do corpo preferisse ficar do lado mais seguro, enquanto a outra teimava em atravessar. Era um muro de ressentimentos e espinhos, de recuos e cacos de vidro.

— Acho melhor você ir — ela disse, e saiu do quarto.

Quando Cláudio voltou à sala, Cátia estava no sofá, e a porta estava aberta. Do elevador vinha um ruído de motor, de ferro sendo erguido por espessas cordas. Ele tentou se aproximar, mas ela o afastou, golpeando seu joelho com o pé. O golpe foi fraco, feminino, e se ele fosse mais esperto tomaria aquilo como parte de um jogo que precisa ser jogado com todas as peças, todas as regras. Que não pode ser abreviado de jeito nenhum, sob o risco de não chegar ao fim ou nem mesmo avançar.

Ele esfregou o joelho durante um tempo mais longo que o necessário e depois se dirigiu à porta. Até o elevador chegar, e ele apertar o botão do térreo, Cláudio esperou que ela o chamasse de volta.

Da janela Cátia o avistou dobrar a esquina e desaparecer. Depois surgir mais adiante, embaixo, ao pé da ladeira, atravessar a rua movimentada e afinal parar no ponto de ônibus. Não olhou para trás nem uma só vez, nem mesmo quando a garota do oitavo andar passou por ele, balançando o corpo, provocante. Uma pernalonga assanhada que varava os dias voando de patins no *playground* e abria a garagem para qualquer homem, qualquer cara que não tivesse vazias as calças...

Cátia se afastou da janela e voltou a ligar o som. Colocou um disco que desde a manhã estava com vontade de ouvir. Tinha acordado com uma das músicas na cabeça e com ela fora para a escola e voltara. Mesmo enquanto falava com Cláudio pelo telefone, a melodia continuara, no outro ouvido, viva. Só quando ficou com ele no sofá e jogou videogame é que a música se manteve distante, ausente, muda. Embalada pelo som, recolheu os olhos à escuridão macia e assim ficou até o disco acabar, e a noite tocar a janela.

No início da noite seguinte, uma sexta-feira que amanheceu nublada e chegou a despejar uma chuva fina durante toda a tarde, o pai de Cátia veio buscá-la para passar mais uma vez o fim de semana com ele. A buzina explodiu na rua, diante do prédio. Cátia foi à janela e acenou. Depois se despediu da mãe e desceu. A mochila pesada avolumava suas costas e lhe conferia um ar intrépido e aventureiro, de quem parte numa busca insensata e não teme a mão caprichosa do destino.

Mal entrou no carro, o homem enfiou a mão sob sua saia e tocou com os dedos, de leve, o tecido liso de sua calcinha. Ela sorriu e fechou os olhos. Sempre sorria e fechava os olhos quando o pai a tocava daquele jeito. A seguir esperava com impaciência que ele arrancasse com o carro e, já distante do bairro, num trecho escuro, beijava-o na boca, forte, demorado, com fúria. Era a vez dele sorrir e pensar no quarto, na cama, nos lençóis limpos que os esperavam, nos filmes que assistiriam juntos entre biscoitos, doces e latas de cerveja. E em outras coisas, íntimas, só deles, segredos, pedaços de frases articuladas no fervor do êxtase, sorrisos de escárnio simulado, exclamações de desejo...

Ali, naqueles lençóis, todos os fins de semana eles deixavam impressas suas sombras, que algum dia se levantariam enormes para censurá-los, ou então aplaudi-los, marcando uma nova etapa secreta. E os lençóis usados, substituídos por novos, iam um a um se acumulando dentro do guarda-roupa, como registro, marcas autênticas e mensuráveis do que tinham feito com a coragem que só o amor real e o desejo puro alimentam.

Antes de chegarem ao seu destino e ficarem nus, diante do espelho de parede inteira e da tevê muda, à espera, por duas vezes voltaram a se beijar, se tocar, sorrir. Depois ficaram em silêncio, ela quieta, ele dirigindo. O negror da noite era atenuado pela seqüência de luzes dos postes e pelos faróis altos dos automóveis contrários. A estrada foi ficando deserta e mais escura. Agora só as luzes dos faróis cortavam como uma faca inofensiva a escuridão inviolável.

Angustiados com uma estranha sensação de umidade sob os pés, todas as vezes que as rodas mergulhavam irresolutas nas inúmeras poças de lama que marcavam a estrada, os dois não viam a hora de chegar. Cátia se aproximou do pai e se enroscou em seu braço musculoso. Envolto numa sensação boa, de calor, ele fechou os olhos. Ela, ao contrário, abriu ainda mais os seus. Abriu-os sobre o pai, na noite, na estrada, no bloco veloz que, de repente, surgiu diante deles...

GRAVIDADE

Era o ano de 1966. O ano em que a mãe do menino extraiu vários dentes e pôs outros, novos, diferentes, mais retos, mais certos, que não apodrecem.

Ela se levantou cedo e o arrancou da cama, aos beijos.

— Tô com sono — o menino protestou, gemendo.

— Levante, preciso ir ao dentista e não tenho com quem te deixar.

— Quero dormir, mãe — ele gemeu de novo.

— Na rua te compro um refrigerante...

O menino ergueu a cabeça e abriu amplamente os olhos. A noite ainda se mantinha sonolenta dentro deles. Um sorriso encabulado iluminou seu rosto.

— O que dá prêmio?

— O que dá prêmio — a mãe garantiu.

O café do menino já estava na mesa: pão torrado com manteiga, biscoito doce e leite. Ela o sentou na cadeira e depois foi para o quarto se arrumar. O menino tinha vontade de arrancar os sapatos, pois apertavam seus pés. Além do mais, sentia-se melhor descalço, sobretudo nos dias quentes, quando, na primeira chance, ingenuamente, entregava-se ao sol...

O menino esvaziou a caneca de leite, mas quase não comeu. Apenas esfarelou sobre a mesa alguns biscoitos. Mal bebeu o último gole, largou a caneca vazia ao lado do pão e foi até a janela.

O parapeito era muito alto, e ele puxou uma cadeira. Debruçado, as mãozinhas firmes, o menino olhou a rua, a movimentação dos carros, as pessoas sempre apressadas e esquivas. Avistou ao longe o vendedor de verduras conversando com duas mulheres gordas. A mãe comprava às vezes na mão dele. E muitas vezes da janela o menino a via ao lado do sujeito. Quando ela entrava no apartamento, ele já estava sentado no chão, diante do quebra-cabeças que o pai lhe mandara do Rio de Janeiro. Ela sabia que ele gostava de ficar na janela, reconhecia que isso era um perigo, mas não reclamava. Achava que reprimir é libertar. Os grandes rebeldes começaram de casa, refletia, séria.

O menino abandonou a janela antes que a mãe voltasse do quarto. Caiu sobre a poltrona. Da estante ao lado puxou um carrinho de ferro. Tinha tantos, que em cada canto da casa, em cada móvel, encontrava algum. Este abria as portas, o capô, era amarelo e brilhava, como se fosse de verdade e estivesse a toda velocidade numa reta à beira-mar, sob o sol seco e salgado. O carro subiu veloz uma colina, fez uma curva larga e desceu, numa velocidade ainda maior, perigosa. Estacou de chofre, com as duas rodas dianteiras a meio centímetro da borda do abismo. Embaixo, deitados sobre as rochas frias, alguns banhistas dormiam com os olhos semi-abertos, voltados para o céu. Duas gaivotas apareceram, mergulharam na água, pegaram seu peixe e se distanciaram rumo ao norte. Logo eram dois pontos.

Duas verrugas num ventre. O carro deu ré, manobrou e lentamente foi se afastando do abismo.

— Você vai estragar a poltrona — a mãe disse, de volta.

Ela apanhou a bolsa sobre a mesa, fechou a janela, as cortinas e saíram. Na rua movimentada, o menino cobrou o refrigerante. A mãe parou e disse que na volta parariam num bar.

— Quero agora — exigiu o menino.

— Agora não, você acabou de tomar café.

— Mãe, você prometeu...

— E vou cumprir, mas não agora.

O menino largou a mão da mãe e saiu andando na frente, mais rápido do que é necessário numa sexta-feira. Com um grito, ela ordenou que a esperasse. O menino não lhe deu ouvidos. Continuou andando rápido, na calçada, em sentido contrário ao da maioria das pessoas. Ao fim de cinqüenta metros, desapareceu por uma porta. A mãe o alcançou irritada.

Tinham entrado num antigo bar cujo dono era um português gordo e bigodudo, de pele oleosa e enormes mãos peludas. A calvície, apenas incipiente, vinha disfarçada por um velho boné, mais sujo que o pano que ele trazia no ombro. O balcão negro e ensebado era servido por uma fileira de banquinhos. Nos fundos, à esquerda, várias mesas cobertas com toalhas quadriculadas bocejavam, à espera da movimentação do meio-dia, quando então levariam uma surra de copos, cotovelos e pratos. O menino já tinha sentado numa das mesas, e estava agora sendo abordado pelo português. O avental que um dia fora branco cintava a enorme barriga lusa. O homem parecia não possuir lábios, pois só o bigode se movia ao som das palavras.

— É meu filho.

O homem se voltou e mediu a altura da mulher, avaliou a resistência de seu corpo e sua aparência. Demorou nos cabelos, no corte esguio do rosto, afundado pela ausência de alguns dentes. O português sofria de catarata e não enxergava direito contra a luz que vinha da rua. Mesmo assim achou a mulher bonita. Inibida com a insistência do seu olhar, ela lhe abriu um sorriso vacilante e oco.

— Meu filho — repetiu.

O menino conduzia o carro por entre os quadrados da toalha. Seus pés não tocavam o chão, ficavam no ar, balançando, como se pressionassem invisíveis pedais.

— Ele me pediu um refrigerante — comunicou o homem.

A mulher suspirou. Deu dois passos à frente, passou pelo português, puxou a cadeira e desabou diante do menino. Olhou atentamente o relógio, perplexa com a idéia de que perderia tempo e chegaria atrasada ao dentista. Como era difícil criar aquele menino e ao mesmo tempo cuidar de si! Se pelo menos o marido... Mas esqueceu o marido, levantou a cabeça e fitou o homem parado ao seu lado.

— Pode trazer o refrigerante, mas natural, ele tá meio gripado.

O menino parou de movimentar o carro. O movimento era louco, para frente e para trás. A intenção era representar o carro num trajeto único e contínuo, a uma mesma velocidade, e sendo assim a mesa era um simples corte da estrada imaginária que ele vencia. Mas na verdade o carro parecia vítima do desespero de um motorista que não sabia dirigir e que, indeciso e insensato, alternava ao acaso as marchas. O menino olhou o homem.

— De prêmio — disse.

Um sorriso de dentes sujos e gastos se abriu por trás dos lábios finos do português. Ele acertou o boné sobre a calvície e continuou a sorrir. Assim sorriram seus compatriotas quinhentos anos antes, ao verem as primeiras índias, as primeiras frutas, as árvores imensas, de grossos troncos e copas que eclipsavam o sol. Com uma diferença: neles gritava em grupo o desejo de matar, e a este homem solitário, que dói todas as noites por vários motivos, desde a saudade da pátria até a certeza de que já não pode mais amar, basta a vida, que ela pulse e lhe traga a surpresa miúda dos minutos: um menino matutino ou uma aranha que atravesse de um lado a outro o bar pendurada em seu fio invisível, lenta, linda, na penumbra. Este homem havia atingido o estado de diferença que permite às pessoas viajar só de olhar na distância os navios indo e vindo...

O menino bebeu o refrigerante todo, direto no gargalo, como vira o pai fazer certa vez, sem usar nem canudinho nem copo, que ficaram sobre a mesa, inúteis. A mãe, diante dele, com o queixo repousado nas mãos, observava-o exasperada com a fuga do tempo e maravilhada com os olhos miúdos e incisivamente negros que ele herdara do pai. O menino manteve todo o tempo a tampinha ao lado do canudinho e só arrancou a célula de cortiça, sob a qual talvez estivesse impressa a legenda com a notificação do prêmio, quando bebericou a última gota, virada sobre a língua.

Enquanto ele bebia, a mãe lhe disse que não alimentasse grandes esperanças de ganhar algum prêmio. Eram poucos os prêmios, poucas as tampinhas premiadas, poucas as garrafas eleitas, poucas as pessoas que ganhavam alguma coisa nessas promoções... Mas o menino não a ouviu. Bebeu calmamente seu refrigerante, de olho na tampinha. Ela seria seu último gole. Tomara essa decisão em casa, durante o café. Qualquer prêmio, só no fim.

Suas mãos tremiam. A cortiça custava a sair. Foi preciso que o português lhe trouxesse uma pequena faca, cega e quase sem ponta, que ele manipulou desajeitadamente, causando temor à mãe. O homem fez menção de ajudar o menino, mas ele lhe deu as costas e continuou a remover a cortiça com a ponta rombuda. A mãe, cada vez mais apreensiva, já via o sangue pingando sobre a toalha...

Mas nada de grave aconteceu. O menino retirou o último pedaço da cortiça e depositou a faca sobre a mesa. Olhou a tampinha bem de perto, quase na ponta do nariz.

— Um rádio! — disse o português.

Curvado às costas do menino, o queixo em seu ombro, curioso e inquieto, o homem acabara de ler a legenda em miúdas letras vermelhas: VOCÊ GANHOU UM RÁDIO DE PILHA! Fechava o conjunto o cromo de um radinho com a antena suspensa. Vivas notas musicais flutuavam nos espaços vazios, como pássaros numa enseada.

— Ele ganhou um rádio! — repetiu para a mulher.

O menino se levantou de um pulo. A cadeira foi ao chão, e o espaldar atingiu o dedão do português, que estava só de sandália. A mãe também se levantou bruscamente e arrebatou da mão do filho a tampinha. Conferiu. Era um rádio realmente, de verdade. Tudo o que tinham de fazer era passar num distribuidor e trocar a tampinha premiada pelo aparelho.

— Onde fica o distribuidor mais próximo? — a mulher perguntou ao homem.

— No Comércio — o português informou, ainda esfregando o dedão machucado.

Ela devolveu a tampinha ao menino, que se afastou até a porta, onde a claridade era mais forte e ele podia ver melhor o desenho do rádio.

— Mãe, pra que serve um rádio?

A mãe não respondeu logo, estava abrindo a bolsa para pagar o refrigerante. O homem pegou o dinheiro e foi até a caixa registradora. Enquanto esperava o troco, a mãe disse ao menino:

— Você pode ouvir música.

— Música?

— É, música, notícias, jogos de futebol. Cê não lembra de seu pai?

Não, ele não lembrava. Não lembrava seu rosto, nem seus gestos, nem seus hábitos, a não ser aqueles ligados a alguma cena específica que lhe ficara marcada. Longe, ausente, o pai do menino estava dormindo dentro dele, e só às vezes acordava, olhos abertos no escuro, em meio ao sono, ainda tomado pelo fio do sonho. Mas logo voltava a fechá-los, ofuscado pelo sol apático de uma vida que não era a sua.

O homem voltou com o troco.

— Vamos — a mãe puxou o menino pelo braço e o arrastou ao seu lado pela calçada cheia de pessoas em queda ascendente.

Naquele momento, se um dos dois olhasse para trás, veria um abismo de luz cinzenta e ofuscante. Que sugava as pessoas. Que as cobria. Que as mastigava por algumas horas e depois cuspia de volta contra as paredes brancas que isolavam suas vidas. Veriam isso e nada fariam, pois continuariam andando em frente, noutra queda ascendente.

Não levaram mais que dez minutos para chegar ao consultório do dentista. Andaram duas quadras e pararam diante de um velho sobrado com altas janelas e uma longa e torta escada de madeira. O menino acariciava com os dedos a tampinha, que ficava mais viva a cada nova carícia. Por fim, sua mão se fechou em torno da tampinha como uma ostra esconde do mundo por décadas um grão de areia e o transforma em pérola.

Na sala de espera, a mãe demorou a ser chamada. Inquieto entre suas pernas, o menino mantinha a tampinha encerrada em sua ostra de dedos. A feia e dentuça atendente afinal chamou a mulher, com uma voz fina e estéril. Ela entrou com o menino, sentou na cadeira e abriu a boca. O dentista veio sobre seu peito com assustadores instrumentos de reconhecimento, mas subitamente a mulher fechou a boca, se ergueu um instante e olhou o menino na janela, do outro lado da sala.

— Ele gosta de ficar na janela, mas fica comportado, não sobe — ela explicou, voltando a abrir a boca.

O dentista olhou o menino. Depois se debruçou sobre a boca da mulher e comentou:

— Assim tudo bem, se não seria perigoso.

— Ram-ram — a mulher resmungou com a garganta borbulhante de saliva.

O cara mexeu dentro da boca da mulher mais ou menos uns quinze minutos. Depois parou e ordenou-lhe que cuspisse o sangue na bacia de esmalte com água corrente. Ela abriu de novo a boca, e ele voltou a procurar o ouro dos pobres. Usava finas agulhas que doíam na alma.

Do outro lado da sala, o menino olhava o trânsito pela janela, comparava a altura dos prédios, contava os raros pássaros que passavam alvejados de quilômetros. Seus dedos brincavam com a tampinha solta no parapeito. O batente da janela, pintado com uma tinta brilhante, plástica, era liso e escorregadio. As formigas escorregavam e caíam com a carga que transportavam às costas. A solução foi passarem a cortar caminho pela parede, leves, na vertical, contra a lei da gravidade. O corpo do menino esmagou muitas enquanto esteve ali, distraído, num movimento de vaivém sintonizado com a única utilidade do rádio que lhe ficara na cabeça: a música. Nos dedos, nos pés, nos olhos fitos no vento, a música que ele nem sequer tinha ouvido o mordia.

De repente, a tampinha escapou de seus dedos e despencou no ar seco da cidade. No chão, executou dois largos volteios, passou por entre um casal de mãos dadas que olhava uma vitrine e dois amigos que conversavam animados, aparentemente esquecidos do tempo que perdiam um com o outro, e estacionou na calçada, no meio da floresta de pernas e pés.

O menino se debruçou na janela e ficou olhando. A tampinha permanecia imóvel e acuada pelos pés que passavam em volta, sem chutá-la, sem pisá-la, nem mesmo roçando-a. Pareciam destroços que contornam uma ilha desprovida de praias, só pedras lisas que nada seguram, nada atraem, tudo escorregam para longe de si, por efeito de seu limo repulsivo. Seria inútil dizer que no centro de tanto movimento, e sons, e cores que se misturavam como roupas dobradas numa prateleira, a tampinha era uma coisa tão ínfima e sem importância, e talvez sem sentido, marca de uma vida alheia e estranha, quanto um mosquito em torno de uma lâmpada se exaurindo até a morte, alucinado e cego, em voltas e voltas...

— Caiu, mãe!

A mãe fechou a boca e se ergueu. Por pouco não engoliu a mão do dentista.

— O que caiu?

O dentista segurava seu instrumento parado no ar, à espera

de que a boca voltasse ao seu lugar e ele enfim pudesse dar continuidade às suas escavações.

— O que caiu? — a mãe perguntou de novo.

— O rádio — disse o menino, sem se voltar para a mãe, e agora mais debruçado que nunca, quase sobre o parapeito, e prestes a ir ao encontro do objeto que fitava, numa obsessão ingênua.

— Que rádio? — a mãe perguntou, cautelosa.

— Você num disse que era um rádio? — o menino se voltou. — O homem num disse?

— Ah, a tampinha! Ela caiu? — a mãe disse e começou a andar na direção do menino.

— Caiu — ele respondeu e voltou a fixar o olhar na calçada, nas cabeças chatas em movimento.

Quando a mãe chegou à janela e se dobrou ao seu lado e buscou achar lá embaixo a tampinha que o menino apontava com o dedo, nesse exato momento outro menino se desvencilhou da mão de outra mãe, se abaixou e apanhou a tampinha. Por um instante ele a examinou com curiosidade. Depois sorriu um sorriso meio malandro e a enfiou no bolso traseiro da calça curta. A mãe o arrastou pela mão sem nenhuma paciência. Desapareceram dentro de um edifício. Se o menino de baixo continuou sorrindo, ninguém sabe. Mas sabe-se que o menino de cima, na janela, sorria amarelo, azul, verde, vermelho. Sorria todas as cores naturais e inventadas e ainda outras, à espera de pincéis e paletas, de olhares.

— Não tem mais jeito — disse a mãe.

De volta à cadeira, ela abriu a boca na cara do dentista e ficou olhando de esguelha os movimentos do menino. Tinha medo de que ele se debruçasse de novo e dessa vez não conseguisse se conter, fosse junto. Imediatamente o dentista retomou seu trabalho, indiferente ao acontecimento. Seu ouro era outro, e bem mais valioso.

O menino começou a brincar com o carrinho de ferro, que durante esse tempo estivera em seu bolso, esquecido. Os minutos passaram. O carro corria agora por uma lisa pradaria, contra a lei da gravidade e contra a razão que diz que só os insetos aderem às paredes, que tudo o mais cai e se despedaça, morre.

O dentista trabalhava seu áspero motor em perfurações abissais e de superfície na boca da mulher, que de vez em quando era impelida a cuspir sangue na pia, mas sem tirar os olhos de cima do filho. Mesmo nos momentos de dor mantinha-os em sua nuca, vigilantes. O menino estava calmo e brincava, apesar da perda, a primeira em sua vida.

A VIDA NUM DOMINGO

Os três foram à praia. Os três eram quatro. Havia um cachorro entre eles. Um *poudle* de pêlo sujo, porque Ana, sua dona, quase nunca lhe dava banho. Mas ele não foi, não podia, daria mais trabalho levá-lo à praia que passá-lo a ferro vivo. Ficou sozinho no apartamento, amarrado ao pé da mesa, triste como um menino em seu quarto atulhado de brinquedos, com medo do escuro.

Ana, Mário e Saulo acordaram cedo, com o ruído do despertador que haviam posto dentro de uma panela, para dar melhor som. Eram primos e, nascidos em pequenas cidades do interior, tinham vindo para Salvador dividir, no Centro, um antigo apartamento, financiado pelos pais. Encheram rápido a mochila com essas coisas que só parecem ter alguma utilidade na praia e saíram. Iam falando alto, alegres. Os estilhaços do sol exigiam que buscassem para os olhos os raros setores de sombra. Como isso nem sempre era possível, Ana foi obrigada a disfarçar o mundo com seus óculos escuros. Do Centro até a praia era quase uma hora, de ônibus. Ana foi lendo o

Safra macabra, de Pagu, e Saulo não largou as mãos do videogame portátil. Mário apenas se limitou a olhar a paisagem. O vento entrava pela janela e assanhava seu rosto. O sal do mar grudava como visgo nas lentes dos óculos.

Na praia, sentaram nas dolorosas cadeiras de madeira e pediram ao próprio dono da barraca uma cerveja. Se quisesse, o cara olharia a idade deles, veria que eram menores e lhes traria refrigerantes. Mas ele só olhava a idade dos filhos, de noite, quando chegava; de dia, quando eventualmente os trazia à praia; e sempre, quando pensava neles. E estava sempre pensando neles, em todas as ocasiões. Esse hábito acabou por enfiá-lo com o carro num muro. Felizmente só quebrou uma perna, rachou a testa e perdeu o baço. Poderia ter sido muito pior, tal foi o estrago do carro, arrastado para um ferro-velho próximo. No momento da batida, ele pensava na filha, no presente que lhe daria em seu aniversário. Via o sorriso da filha, e então houve o choque, e ele só viu escuridão. Passou uma semana no hospital. No dia do aniversário, a filha foi vê-lo. Ele lhe beijou o rosto e acariciou sua cabeça. A menina fechou uma fisionomia triste e perguntou quando ele voltaria para casa.

Os três primos beberam. E olharam o mar, o vazio de nuvens no céu, as jangadas ao longe, registro de uma época que insistia em continuar existindo em meio à pesca na Internet. Pessoas passavam entre eles e a água, no dorso curvo da praia. Algumas corriam. Às vezes paravam, faziam flexões, distendiam os músculos das costas, encolhiam os do abdômen. Exercícios inúteis, que de nada adiantariam, pois seriam todos engaiolados, mais cedo ou mais tarde.

Enquanto os primos bebiam, e olhavam o mar e as pessoas, e refletiam cada um à sua maneira sobre a mão impiedosa da vida, pois basta haver tempo livre para se começar a pensar na vida, lá do outro lado da cidade, no apartamento, uma janela se abriu e o corpo de um homem desabou com um barulho surdo sobre o assoalho. Uma parte do homem retiniu espantosamente no chão, como se ele fosse de metal.

O cachorro, amarrado ao pé da mesa, olhou o homem e latiu. O homem olhou o cachorro e deu um sorriso. Pareciam velhos amigos que se reencontram. Daqueles que retomam com dez anos passados a mesma conversa de repente interrompida, porque um tinha hora marcada no dentista, e o outro precisava voltar para casa com o pão do café noturno que a família esperava faminta. "A gente se vê." "Certo, a gente se vê." E então se passam dez anos.

Naquela manhã, o homem desde cedo estivera observando a movimentação do apartamento. Viu quando os primos saíram e quando o porteiro da noite foi substituído pelo do dia, um cara que costumava cochilar no balcão sempre que trabalhava aos domingos. Provavelmente passava as noites de sábado diante de um copo. Ao vê-lo, o homem sorriu, sua investida ficaria mais fácil. Bastava se esgueirar, pular o muro e subir pela calha. Dificilmente o porteiro o veria. Agora afinal tinha entrado e pensava que, enquanto houvesse sol no céu, poderia ficar no apartamento. Seguro disso, desabou contra o sofá e descansou, antes de começar a devassa. Seus ossos estalaram quando ele se espreguiçou com força, num prazer quase infantil de sentir mais longos os finos braços, mais longas as finas pernas. O cachorro o olhava quieto, e talvez apreensivo.

O intruso resolveu libertar o cachorro. Ao se ver solto, o animal correu direto para a porta e, com as patas arranhando o verniz, tentou a todo custo alcançar a maçaneta. O homem riu e disse pro cachorro que ele ainda ia ter que crescer muito, e também aprender a andar nas patas traseiras, se quisesse algum dia alcançar a maçaneta. O cachorro não pareceu entender que aquelas palavras se referiam a ele, muito menos que estavam carregadas de ironia. Permaneceu ainda por alguns instantes aferrado à porta, afiando as unhas, e depois se afastou, pensativo. O homem se levantou do sofá e entrou no primeiro quarto. Havia três quartos no apartamento. No menor dormia Ana, no maior os dois primos. O terceiro, de tamanho médio, servia de local de estudo, de farra, de papo furado. Era ali que estavam instalados a tevê com o vídeo, o som, uma estante repleta de fitas de vídeo, alguns livros e os vários aparelhos de ginástica de Saulo.

No primeiro quarto o homem pegou tudo o que encontrou de valor e enfiou num grande saco de aniagem. Arrastando o saco pelo cômodo, ele parecia um Papai Noel magro, mal-encarado e sem a característica indumentária vermelha. No segundo quarto, não havia muitas coisas valiosas, não à vista, sem que fosse preciso revirar até o fundo as gavetas. Em compensação, livros e mais livros se acumulavam espalhados pela cama e até pelo chão. Ele rasgou alguns, começando pelas capas coloridas. Depois apanhou um relógio de pulso e um *walkman* que encontrou sobre a mesinha de cabeceira e enfiou no saco. No terceiro quarto, aí sim o intruso fez a festa. Máquinas e mais máquinas, aparelhos e mais aparelhos. Que foram parar no saco ou num canto da sala, para que mais tarde pensasse numa maneira eficiente de levá-los, sem que nenhum morador do prédio desconfiasse de nada, daquele volume de coisas saindo num silencioso domingo.

O intruso foi para a cozinha. Tinha fome e abriu a geladeira, o cachorro aos seus pés, fuçando. Ele cortou um pedaço de lingüiça e atirou na direção do animal, que o abocanhou no ar, lambeu, mordeu e a seguir o abandonou entre as patas. Ficou olhando para o homem com uma expressão enternecida, o focinho besuntado de gordura, as patas imóveis. Deu dois latidos finos, meigos, e de novo, num movimento brusco e inopinado, disparou em direção à porta. As unhas curtas arranhavam o verniz já sem brilho. A vontade de sair colava-o à porta. O homem riu, de boca cheia. Mas riu por rir, pois no fundo não estava achando nem um pouco engraçada a atitude do cachorro. Se ele continuasse a arranhar a porta e a latir, o homem ia ter que tomar uma providência, fazer alguma coisa que o calasse e o deixasse quieto.

— Não, não vou deixar você sair, nem pense nisso.

O cachorro, como que compreendendo o homem, se afastou da porta. Seus olhos refletiam decepção e dor. Os passarinhos olham assim, quando são observados dentro das gaiolas. Olhar triste de preso, de condenado, de quem não conhece os espaços livres, retos, sem paredes nem barras.

O homem acabou de comer e, talvez devido ao peso do alimento, ficou excitado. Pressionou a mão contra o pênis e pensou em Ana. Por duas semanas ele a seguiu. À escola, ao *shopping*, aos passeios distantes com o carinha do terceiro andar, que pelo visto já tinha caído fora, procedimento comum nos caras que logo de cara cobrem as garotas. Mas ele não era assim. Quando gostava era com gosto de ficar mais tempo, curtindo. Nunca gostava de uma mulher apenas para ter prazer por um dia ou dois, na cama de sua humilde casa ou nos paredões das fábricas. Se tinha costume de esmagar as garotas antes de gostar delas, era para desde cedo saber que elas valiam a pena também por fora. Tanto seguiu Ana que chegou a achar que estava apaixonado. Mas não. Era só vontade de ver, de apreciar. Claro que se ela estivesse ali, agora, ele... Mas ela estava era na praia e nunca seria dele. Nunca. Uma garota como ela, para ser dele, só na violência. Garotas como ela são de quem querem ser. Se dão ao prazer de escolher, de apontar o bobo que sacrificarão ao gozo.

Sua excitação, pressionada pelo estômago cheio e pela lembrança de Ana, de seu corpo quase sem roupa, só com as duas peças do biquíni, chegou ao auge, e o intruso voltou ao terceiro quarto, em busca de alívio. Procurou na estante algum filme pornô ou qualquer outro que contivesse cenas de sexo.

— Sempre há, esses babacas adoram uma putaria solitária de vez em quando — pensou em voz alta, como se o cachorro estivesse ali, nas suas costas, curioso e também buscando alívio.

Logo ele achou um filme. E dos novos, dos bons, sem história, sem perda de tempo, noventa minutos de sucessivas trepadas nas posições mais diversas. Leu a ficha técnica e a sinopse. Produção holandesa, de dois anos antes e premiada no maior festival de cinema pornô do mundo, o *Mon Amour*, de Briançon, na França. Duas jovens e ingênuas camponesas chegam a Amsterdã e se envolvem com professores da universidade local, habituados a freqüentar um bordel de luxo, onde elas, por iniciativa deles, acabam ingressando. Uma é virgem, virgem mesmo (a própria atriz o era até fazer o filme, garantem os realizadores), e, objeto de uma aposta, é iniciada no sexo, na prostituição, ao ser possuída simultaneamente por três avantajados homens, os vencedores da aposta. "O auge do filme é o sangue, na frente e atrás." A citação mencionava uma clandestina publicação alemã sobre filmes do gênero, e assinava-a um crítico de nome impronunciável, provavelmente eslavo, cheio de consoantes.

Deitado no sofá da sala, depois de reinstalar o vídeo e a tevê, ele assistiu ao filme e aos poucos foi arrancando as calças, a cueca. Na tal cena do sangue, ele finalmente se masturbou. Jatos de esperma voaram para o chão e ali ficaram em gomos brancos. O cachorro, que há muito tempo havia desistido de arranhar a porta, veio e começou a lamber hesitante as placas de esperma. O homem riu. E mais ainda quando o cachorro de repente se afastou, repugnado com o gosto ácido, o focinho todo branco e gosmento. Mas em seguida, talvez contrariado com a atitude do cachorro, o homem se levantou e o chutou de encontro à parede, violentamente. O pobre animal ganiu e se escondeu onde antes estivera preso, debaixo da mesa. Fez como um passarinho que, ao fugir e conhecer a vida livre, o real de risco, volta para a gaiola vazia, já sem os recipientes de água e comida, e é surpreendido pelos olhos do menino da casa, que jamais perdera a esperança. Nos olhos do passarinho alguma coisa se apagou. Nos olhos do cachorro também. O homem se vestiu, desligou a tevê, o vídeo, foi ao banheiro e derramou sua urina ruidosa no vaso.

Debaixo do chuveiro, faltou muito pouco para ele se escaldar. O vapor quente saía por cima do boxe, se esgueirava por debaixo da porta e chegava na sala, aos olhos do cachorro, ainda encolhido, com medo. O homem tinha fechado a porta do banheiro para que o cachorro não entrasse, nem ninguém ouvisse de fora, do corredor, o barulho da água. Ao terminar, enxugou o corpo com lentidão e prazer, na toalha que ele imaginava pertencer a Ana. Deduziu isso pelo cheiro bom de perfume e corpo limpo, pela maciez do tecido, pela cor amarelo-vivo, pelo desenho bonito no meio, em traços finos, quase ingênuos.

Nu diante do espelho, o homem raspou a barba rala e imperfeita. Havia mais ou menos uma semana que não se barbeava. Ao terminar, olhou-se e reconheceu que, liso, seu rosto singular, de corte duro, ficava bem mais bonito. Por fim, perfumou o rosto azulado com mais da metade do conteúdo de um vidro de colônia pós-banho. Derramou o resto no vaso, sorrindo. Com os movimentos que fazia ao se barbear, se perfumar e abrir a porta do armário, numa curiosidade incansável, o pênis ia e vinha na borda esmaltada do lavatório. Deu vontade de urinar, e ele o fez ali mesmo, na pia. Na glande ainda restou uma gota, que o homem enxugou com a toalha de rosto, pendurada ali perto, ao alcance da mão, no fixador de metal. Esse gesto foi tão natural, tão vivo e autêntico, que era como se ele tivesse vivido ali naquela casa toda a sua vida. Como se ali tivesse nascido e visto seu pai morrer.

O cachorro continuava triste, embora mastigasse, por impaciência e uma vontade cada vez mais forte de sair, a borda do sofá onde o homem se deitara nu, deixando no forro o contorno úmido do corpo. Agia como aquelas pessoas que não conseguem esquecer de jeito nenhum seus anseios e traumas, e por isso ou se perdem em ferocidade ou dormem.

De volta à sala o homem chutou de novo o cachorro, por brincadeira. Fazia isso com todo mundo que conhecia, dava socos, chutes, por brincadeira. Esta era a especialidade de seu caráter, sua mais autêntica demonstração de afeto e ternura. Desta vez o cachorro não se refugiou debaixo da mesa, ficou onde estava, encolhido contra o sofá. O homem então se abaixou e o acariciou na cabeça, na nuca, no dorso quente. O cachorro se entregou à mão amiga e relaxou os membros, fechou os olhos. Mais um pouco e pegaria no sono. O homem compreendeu isso e, com um ódio vigoroso no rosto e uma ironia corrosiva nos dentes, acabou com a carícia.

— Como você se chama, hein? — disse, sério, como se o cachorro pudesse realmente entendê-lo e responder.

O cachorro era todo ternura e medo. Usava, ao mesmo tempo, de uma e outra estratégia. Estava desesperado, igual a um homem na última seção de nós da corda, o abismo lá embaixo, com suas pontas de pedra.

— Totó, Dique, Nero? Ou será Luís, Hugo, Oto? — seus olhos chamejavam.

O homem se ergueu e novamente chutou o cachorro. Com extrema violência. Todavia, sentiu pena do animal, ali, à mercê do seu capricho, e tentou confortá-lo mais uma vez. Amedrontado, e com um ruído cortante na respiração, o cachorro se afastou, voltou ao esconderijo debaixo da mesa, se encolheu. O homem foi atrás e o chutou outra vez. Na cabeça agora, e contra os quatro pés de madeira da mesa, solidamente unidos no centro do tampo de vidro. Alguma parte do cachorro fez *crack* com o impacto do golpe, e ele soltou um urro fino e doloroso, que traiu o orgulho da espécie. De sua orelha esquerda correu um fio de sangue, e o ruído em seu peito, antes seco, se acentuou, ficou áspero, sombrio.

Incapaz de qualquer espécie de arrependimento, o homem sentou no sofá e ficou olhando os olhos do cachorro se encherem de água. O animal gemia. O homem pensou em abrir a porta e deixá-lo sair. Mas logo concluiu que isso poderia pôr tudo a perder. Então abandonou o cachorro ao seu sofrimento, debaixo da mesa. O gemido dera lugar a um tremor nervoso. O cachorro parecia que ia acabar a qualquer momento. Os olhos vítreos gradativamente perdiam o brilho. As patas já não se moviam como antes, ariscas, vivas, estavam pesadas, inertes, quase imanadas ao chão. Como um exército em retirada, o ânimo, a cor, o vigor foram abandonando vencidos o corpo do cachorro. A vida nele estava agora por um último fio vermelho. O pulsar radical de seu peito não demoraria muito a surgir, enfraquecer e se esgotar, numa desesperada e derradeira tentativa da vida em se manter acima da morte. No fim do dia, quando os primos retornassem da praia, o cachorro já estaria seco e endurecido. E eles sentiriam remorso, não saberiam o que fazer com a destruição, com a morte, com aquele corpo estacionado.

O saco do homem estava cheio, e sua expressão era quase de felicidade. As coisas que havia acumulado no canto da sala eram enormes, volumosas, e ele decidiu não levá-las. Por mais que tivessem valor, não valiam a pena. Poderiam facilmente denunciá-lo, colocar olhos alheios em suas mãos, pés em suas costas. O melhor mesmo era esquecê-las. Ou então quebrá-las, os aparelhos mais caros, sobretudo os importados. Foi o que fez. Abriu um por um, pacientemente, arrancou fios e peças, esmagou transístores, molhou com cuspe e urina as placas de contato, os circuitos. O tempo todo mudo, concentrado, sem desdém nem rancor visíveis. Fazia aquilo como se já o tivesse feito centenas de vezes, num fervor automático, sem emoção. Assim trabalha um técnico em sua técnica.

Finalmente abandonou tudo acumulado num canto. O monte de destroços mais parecia um desses redutos de ferro-velho que há anos não recebem um cacareco, e que já estão de tal maneira empoeirados e ali há tanto tempo parados, sem ninguém remexê-los, que cada peça, embora solta, parece unida às outras, num todo maciço e informe.

O homem deixou o apartamento pela mesma janela por onde havia entrado. Correria um risco inútil, se usasse o elevador. Subiu no parapeito, venceu a calha, escorregando como um menino, e afinal se soltou no ar em direção ao muro baixo que limitava o prédio. Sua parte metálica voltou a bater e retinir, desta vez na borda do muro. O sol inundava tudo, o pátio, a fachada, as grades, os edifícios próximos e os mais distantes, os poucos carros estacionados em frente, na rua deserta, à mão de outros ladrões. O céu era azul, sem nuvens, e um vento leve, de pulmões tênues, fazia vibrar nos olhos uma frágil cortina de poeira. Sem olhar para trás, e sem pensar no cachorro e no estrago que fizera, embora se sentisse profissionalmente orgulhoso de seu feito, o homem atingiu a rua e tranqüilamente se pôs a caminhar rumo ao Centro vazio e sonolento, ainda alcoolizado. Aquele era apenas mais um domingo em sua vida. Menos um domingo em direção à morte.

PÉS QUENTES NAS NOITES FRIAS

Qualquer pessoa que passe por este prédio pensa logo que há algo de errado nele, que sua fachada é suspeita, e que aí dentro, no saguão, por trás do balcão de mármore, o porteiro sabe muito mais do que seus olhos vivos revelam.

Neste prédio, freqüentemente se vê de pé em sua larga calçada, parada, as mãos nervosas e os olhos atentos perscrutando um lado e outro da rua movimentada, alguma jovem de rosto novo, que sofre. O que ela quer? Quem ela espera? De manhã cedo, aqui em frente, em silêncio, conseguirá chorar sem atrair para si a chama dos olhos alheios?

Não acredito.

Há uns cinco anos, quando passei rumo ao trabalho, avistei aqui uma garota que não tinha mais que vinte anos. Chorava. Parecia um sorvete derretendo na mão de uma criança. Sua blusa molhada no peito tinha gosto de guardanapo manchado com calda de morango.

Parei e tentei conversar com ela. Mas ela me deu as costas, entrou no prédio e se dirigiu à escada. O elevador funcionava, mas mesmo assim foi pela escada. Fui atrás. No escuro me deparei com ela sentada no quinto degrau. A cabeça mergulhava no mar dos joelhos. As lágrimas pingavam no vácuo entre seus pés afastados. Se lhe tocasse, minha mão a magoaria. Como se fosse ácido puro ou ferro quente ou desentupidor de pia granulado e azul. O humano já era bicho pra ela, um líquido corrosivo.

Sentei ao seu lado, no mesmo degrau. Quando ela ergueu o rosto e abriu os olhos, eu a olhava. Não se assustou. Estava por demais sólida para vibrar. Era uma árvore morta. Num sopro todas as suas folhas haviam caído e apodrecido no chão. Ficara o tronco nu, de galhos finos, que de noite, no escuro, a assustavam. Ela dormia com o rosto coberto, os olhos vendados, para não se ver, não doer, não sangrar.

Seus lábios pronunciaram alguma coisa que não consegui entender. Um lamento talvez. Até os insetos o despejam. Então levantei o braço e já ia colocá-lo sobre seus ombros, quando ela se levantou e retornou à calçada. Ao contato com o ar sufocante do dia, suas lágrimas secaram.

Fiquei na escada, à espera. Algo me dizia que ela voltaria. Mais cedo ou mais tarde, com novas lágrimas. Ao vê-la, me esqueci de mim, de meu trabalho, minha sobrevivência, meus livros, meus poemas. A arte não dissolve as verdades que envolvem lágrimas.

A garota de fato retornou, pouco depois. E sentou no mesmo degrau, ao meu lado. Novamente mergulhou a cabeça entre os joelhos. Seus braços alvos tremiam. O ruído do elevador subindo passou à nossa esquerda, veloz, cheio. E passos no saguão denunciaram alguém que entrava. Ela esticou a cabeça exultante e olhou: era uma mulher. A reação de seu rosto, fechando-se, toldando-se de sombras, me fez ter certeza de que esperava um homem. Um homem. Esperava um homem desde a infância, quando percebeu que o pai era bonito e que sentia falta dele durante o dia e à noite, na cama, sozinha, temerosa das sombras. As mesmas sombras que agora em seu rosto lhe doíam como feridas abertas.

— Posso te ajudar? — perguntei.

— Não, não pode.

Não desisti:

— Posso sim.

— Claro, vá embora.

— Mas meu calor vai ficar no degrau, e não posso ir sem ele...

Ela não pareceu se surpreender. Era durona. Retrucou:

— Servirá pra que eu me deite, pra longa espera...

— Qual?

— Da morte.

— Você quer mesmo morrer?

Ela hesitou um instante. As mãos relaxaram.

— Não, não quero.

— Então me deixe ajudar.

Seus olhos me fuzilaram, de lado, irônicos, num fogo único.

— Como homem, amante, irmão, amigo, pai ou intruso? — seus dentes luziam, numa careta sarcástica.

— Apenas como alguém movido pela piedade — falei firme.

Ela levantou o rosto e me olhou pela terceira vez em quinze minutos, e percebi que agora era diferente, que seus olhos não eram os mesmos de antes. Haviam mudado, sucumbido, se atenuado, de todo rancor, todo medo.

Foram esses olhos novos e suplicantes que levei comigo

entre o tráfego de carros feéricos e pedestres sonolentos. Ela estava grávida e não tinha dinheiro para abortar a criança. Nem queria tê-la, criá-la, vê-la crescer e se tornar parte de si e do pai que faltara ao encontro com o dinheiro do aborto. Eu tinha o dinheiro e uma vida. Falei isso. E lhe disse também que ela era livre para escolher.

— Escolher?

— É.

— Não posso.

— Por quê?

— Não é seu filho.

— Se deixá-lo morrer, não será de ninguém.

• •

Ela entornava o café e olhava as notas que eu tinha posto à sua frente, na mesa. Ao lado das notas eu tinha aberto um álbum de retratos, com fotos de várias etapas de minha vida. Suas mãos não tocavam as cédulas nem as fotos. Refugiavam-se na xícara quente, no vapor que subia.

— Não posso — voltou a dizer.

— Por que não? É só um gesto.

— Como eu te pagaria?

— Com a vida.

— Minha... vida...?

— É.

— Que vida?

— Esta — e pus o dedo em seu peito, no tecido úmido do sorvete derretido que era sua existência. Ela pôs a mão na blusa e conheceu sua própria umidade. Depois fechou os olhos e aspirou o vapor do café.

— Não — disse, e balançou a cabeça.

— Deixe que sua mão decida — sugeri, mais uma vez sombrio e misterioso.

— Minha mão não sou eu.

— Não, não é.

— Ela não pensa.

— Por isso mesmo, eis o jogo.

— A vida na mão?

— Sim.

— Agora?

— Sempre.

Ela hesitou um pouco e afinal pegou o álbum. Foi vendo cada foto. Não havia fascínio em seus olhos. Em compensação, também não havia repúdio.

Pelas fotos sabia que eu era só. Que preparava a máquina e depois corria, e nem sempre saía por inteiro, enquadrado.

Que muitas vezes me faltava a metade, um terço, alguma parte relevante.

Que eu era um pedaço e precisava ser completo. Naquele apartamento, naquela mesa, naquela xícara, durante o almoço e o jantar não mais sozinho. Por lábios e língua, pés quentes nas noites frias.

PORQUE NÃO AMASSE MAIS NINGUÉM

Mauro era só. Tão só, que olhava casas em destroços e sentia falta, uma saudade gorda que o abarcava todo. Também os navios partindo o humilhavam. Aviões então... Faziam reverberar dentro de Mauro a última luz, sem a qual, no resto dos dias, ele era ninguém. Contra navios e aviões, no entanto, ele lutava: não ia ao porto nem ao aeroporto; deixava-os lá, infinitos senhores a mover sonolentos as vidinhas vazias... Incomodavam-no mais as casas em ruínas ou as lojas falidas, com as portas já cerradas e o cartaz de aluga-se, feito à mão, solto e amarelado esvoaçando ao vento... Perto de sua casa, no Centro, havia muitas. O Centro aos poucos ia morrendo. Só Mauro ainda o amava, e talvez só porque não amasse mais ninguém... Espécie de transferência de sentimentos ou um pessoal refúgio apaziguador. Já lera qualquer coisa sobre o assunto. Ou então, o que era menos provável, previa igual fim para si, em breve, e se solidarizava com aquela morte por falta de olhos, com aquelas rachaduras por falta de uso. Sem dúvida que ainda se encontrava longe de ser reduzido a ruínas, mas já possuía muitas fendas, como uma parede de compleição débil que a duras penas suportasse excessivo peso, e das quais a pior era aquela, ser só, de virar o rosto pela manhã na cama e não ver nenhum outro o olhando, ou então de apenas se prolongar a dormir, alheio ao tempo e à força da vida. A cada dia, passado ou vivido, sua existência lhe parecia ainda mais tênue e vaga, uma mancha apenas, e que um golpe de água a qualquer momento haveria de apagar. Receava então chegar ao fim tomado da mesma inútil expectativa do início, quando criança, época ao mesmo tempo memorável e vazia, e cuja maior satisfação sempre fora, para ele, o instante por vir...

Seus pais haviam morrido quando ele ainda era muito pequeno, num acidente de carro. Após a colisão, seguida de dupla capotagem, estabeleceu-se um lento e gotejante silêncio... Nada mais existia, exceto as rodas ainda em movimento, voltadas para o ar morno e opressivo, sob o céu vespertino, de violento azul. E de súbito um menino, mais encabulado que tenso, se mexeu entre os ferros retorcidos, como um inseto entre folhas umedecidas de sereno. Mauro abandonou o carro pela janela, engatinhando, o olhar dilatado. As pessoas em volta sorriram, eufóricas. Não eram poucas, pois muitos carros haviam parado após o acidente, mais de dez, é certo, atraídos pelo sangue, que toda poça de sangue é irrecusável... Uma mulher jovem, nem mãe ainda, se aproximou e o ergueu nos braços. Mãe ou irmã ou ninguém, macio berço apenas, o que quer que fosse não importava: seus braços eram cálidos, e por isso mesmo Mauro chorou, afinal. Horas depois, uma magra e atraente policial o passou para os flácidos braços de uma tia-avó. Sua outra vida começara.

A velha o criou com desvelo, enquanto viveu. Era terna, dedicada, justa e, a exemplo de todas as pessoas solitárias, tímida e silenciosa. Legou muito do que era ao menino. Ensinou-o a ler e sobretudo a gostar de ler. Também a respeitar as pessoas e ser benévolo com os animais. Mística, acreditava num deus para além dos céus, nos confins do Universo, e que tanto respirava junto a ela, no mesmo compasso do seu peito, de seu ventre e seios flácidos, quanto fremia numa poça de lama, entre micróbios. Dedicou seus dois últimos anos de vida à leitura de inusitados livros de astrofísica e especulação astronômica. Tornou-se atéia e niilista. No leito de morte, durante os derradeiros dias, chamava Mauro e confidenciava, num murmúrio sombrio:

— Não sou mais ninguém, mas que importa? O Universo está mesmo morrendo, e como eu: fluindo do calor para o frio...

Uma tarde Mauro a deparou tombada para fora da cama, como se no último instante houvesse se esforçado por levantar, por sobreviver, as mãos brancas, geladas, o olhar sem cor, vidrado. Compreendeu então que estava só, entregue à extensão do mundo.

• •

Como qualquer outra criança de sua idade e classe, Mauro brincou, estudou e cresceu, mas não chegou a conhecer as agruras, traições e rancores de qualquer meio de trabalho. A velha morreu antes, deixando-lhe uma razoável pensão, uma volumosa conta bancária, inflada pelo dinheiro dos pais dele, diga-se de passagem, e uma considerável renda proveniente do aluguel de alguns cobiçados imóveis. A soma mensal desses diversificados recursos era mais do que suficiente para alimentar, vestir, educar e fazer se divertir qualquer família, por mais numerosa que fosse. Tão logo tomou posse de todos os seus bens, Mauro encerrou as mãos nos bolsos e soltou os pés no ar. Pouco saía de casa, satisfeito com sua vida contida e solitária, sem preocupações, legado de sua tia-avó. Diferente dela, porém, que aproveitava seus dias ao máximo, Mauro transformara os seus em túrgidas extensões de terra fluindo grão a grão para a monotonia e a incerteza. Pela manhã fazia suas leituras e à tarde assistia à tevê. As noites, sempre iguais, não variavam dos dias: mais tevê e mais leituras. Invariavelmente desabava na cama com uma sensação de inútil suficiência. A velha o criara para o exercício da sensibilidade, mas, ao menos nisso, ele a traía. Era uma parede e, pelo visto, jamais seria uma árvore.

Com o passar do tempo, e sem que Mauro se desse conta, algo começou a incomodá-lo. Uma constante ansiedade, uma vontade de se mover, de sair, de ver o sol e provar a chuva. Também uma fome, ou qualquer coisa semelhante a isso, e que lhe impunha abrir a boca de repente, e tanto, tanto, que era como se quisesse abocanhar o mundo.

Cansou-se naturalmente das leituras e da tevê, ou então as deixou de lado, como pouco a pouco ia esquecendo a fisionomia de sua velha tia-avó, e mesmo sua presença, somente poeira agora, em seus poros. Conseqüentemente, desfez-se de alguns livros, no sebo, e o dinheiro que conseguiu trocou por moedas, que lançou num cofre e esqueceu. Às vezes cumpria estranhas missões como essa, sem proveito e que desde logo nada significavam, senão talvez um supra-real capricho ditado pelo nada.

Nessa mesma época descobriu os filmes eróticos e pornográficos e, ao longo de angustiados meses, alugou vários, de todos os tipos e nacionalidades. Assistia a dois, três e até quatro num único dia. Retornava às cenas mais fortes e as revia até saturá-las. Ao fim, não havia mais graça: nem as mulheres, em sua subserviência mórbida, o excitavam mais. Mais tarde, e ainda sem a devida experiência, atingiu melancolicamente o estágio que no tempo de seu avô — que ele nem chegou a conhecer — era sarcasticamente chamado a segunda fase impulsiva dos bordéis, com início provável entre os 30 e os 40 anos. Mas agora, com Mauro, bastava tirar o telefone do gancho e discar um número. Uma hora depois a campainha tocava, e uma moça exuberante, de porte cinematográfico, lhe sorria. Na cama, ele repetia com ela o que vira nos filmes. Excedia-se tanto, às vezes, que as moças chegavam a protestar. Parecia incrível que elas, que se sujeitavam a tudo, domadas por ele, gritassem, gemessem, mas não de desejo: de plena dor ou de um súbito recato.

— Você é louco... — elas diziam, assustadas, ao sair. Mas no fundo partiam satisfeitas, sentindo-se intuitivamente fartas.

Muitas voltavam a vê-lo, repetidamente, quando então se entregavam com alegria e desejo, muito mais que simples garotas de programa...

Segundo o que ainda se pode apurar, Mauro ao longo da vida só teve duas namoradas. Uma no tempo da velha, quando ainda estudava — uma menina áspera, desprovida de seios e mal equilibrada num corpo aflito e sem forma —, e outra já na idade adulta, aos trinta anos, quando a moça do censo demográfico o entrevistou e se comoveu com sua solidão. O romance com ela perdurou por mais de um ano, o exato tempo em que a moça se sujeitou a trancar-se no apartamento dele por extensos e monótonos fins de semana. Por coincidência, neste ano o verão foi chuvoso e pouco permitiu que eles se deslocassem às praias, a diversão preferida de Inês. Nas poucas vezes que se arriscaram, não houve jeito de Mauro abrir mão da sombra da barraca de um gordo e sorumbático comerciante. Conservava-se lá, com a cara enterrada num livro, um copo perto e vigiando um fumegante prato de mariscos ao azeite. Enquanto ele se entregava ao sal e ao álcool, a leitura mal servindo de pretexto, ao longe, Inês alternava-se no sol e na água. Mas Mauro muito mais comia que bebia, daí que nem sequer ficava alto e, de volta a casa, era capaz de transar com Inês, incansavelmente, por horas a fio. Sua disposição e insaciável desejo a apavoravam. Por muito disso, se não exatamente por isso, ela um dia desapareceu, deixou de vir. Mauro, embora tivesse percebido sua ausência, sua falta ao lado dele na cama e no decurso dos cômodos do apartamento — e de qualquer modo ele sempre presumira que um dia ela fugiria —, não conferiu nenhuma importância ao fato. Continuou vivendo, recluso em seu canto, mudo, solitário, como um padre à noite, no claustro de sua paróquia.

Quase um ano depois, numa tórrida e preguiçosa tarde de verão, Mauro ligou ocasionalmente a tevê e assistiu a um programa sobre criação caseira de pássaros.

— Os animais de estimação são absolutamente necessários nos dias de hoje — assegurava o narrador, com uma voz suave, límpida e comovente.

Mauro entregou-se ao programa como um leitor comum, sem nenhuma outra pretensão além de se divertir, se espraia diante de um livro de aventuras; um London, um Melville, um Stevenson. Noventa minutos depois estava convencido de que precisava adquirir um pássaro, "para conferir sentido à vida", justificava a si mesmo, em pensamento. Demorou, no entanto, a se decidir, e só o fez meses mais tarde, ao passar em frente a uma loja de animais e ser atraído tanto pelo odor asfixiante de ração misturada a excrementos quanto pelos repetidos e impacientes trinados dos pássaros. Havia canários, papagaios, periquitos. Alguns pássaros exóticos também, mas estes, além de caros, inspiravam rigoroso cuidado, e ele logo os descartou.

O homem da loja lhe disse, num tom calculadamente informativo:

— O mais simples de criar é o canário.

E depois, com depreciativa ironia e uma expressão insana, os olhos reduzidos a negras contas desprovidas de brilho:

— O macho, de manto amarelo, canta, enquanto a fêmea, de plumagem amarelo-acinzentada, copula. Simples capricho do acaso ou férrea imposição da natureza? Eu diria que uma regra necessária e imutável. O macho canta para conseguir amar, e ama para poder cantar. À fêmea cabe servir aos anseios do macho e à necessidade de procriação da espécie, uma irremediável exigência da natureza, de Deus talvez...

O franco e ácido discurso do homem chocou Mauro. No fundo, ao comentar a vida sexual dos passarinhos, queria espetar as mulheres, passar-lhes um sabão. Parecia claro isso. Talvez o homem, à noite passada, houvesse ficado em branco, com seu desejo em fogo, enquanto a mulher dormia, serena, aconchegada a si mesma. Consternado, embora compreendesse o drama do homem e relevasse sua desdenhosa ironia, Mauro sentiu-se obrigado a reparar tal ofensa ao espírito feminino e, assim, escolheu uma fêmea — magrinha, miúda, a mais jovem e frágil de todas as canarinhas que se encontravam à venda na loja.

Em casa, acomodou a canarinha no banheiro dos fundos, que havia anos, antes mesmo da morte da tia, ele próprio transformara em depósito. Entre latas de tintas quase vazias, restos destroçados de móveis, empenados trilhos de cortinas e outros trastes de expirado uso, a canarinha viveu, desde então. Mauro cuidava dela com a diligência que aplicaria a uma filha. Ou a uma amante que não quisesse mais deixar partir...

Mauro aprendeu a reconhecer e respeitar os hábitos da canarinha. Além da ração diária, ela gostava de couve, maçã e de polpa de manga. Em compensação, detestava melão e laranja, nos quais nem tocava. Apreciava também mamão, mas não o podia ingerir, pois, mal o fazia, suas fezes se tornavam rubras e excessivamente líquidas. A cada dois dias tomava banho, na banheirinha que Mauro escorregava cuidadosamente para dentro da gaiola, mas, como era pudica e acanhada, somente se ele não estivesse por perto, observando-a... Exceto nessas ocasiões, a qualquer momento que ele se aproximasse da gaiola, ela pulava do primeiro poleiro para o segundo e deste para o terceiro, mais baixo, de modo a ficar mais perto dele, de seu rosto. Mauro adquiriu o hábito de produzir um ruído fricativo com os dentes sobre os lábios que a fazia vibrar e se enlanguescer, em completo silêncio. Como se sabe, a canarinha não cantava. Só os machos cantam. As fêmeas copulam.

Quando Mauro limpava a gaiola, passeando a mão munida de uma escova plástica pelas hastes metálicas do piso e das paredes, a canarinha se refugiava na extremidade de um dos poleiros, assustada. Se já fosse fim de tarde, e se sentisse sonolenta, reclamava, com finos ruídos de zanga, aos quais Mauro respondia com breves e jocosos comentários. Isso se repetia a cada novo dia, a semana inteira, o mês inteiro, sem variação.

Até que uma tarde, sem mais nem menos, nem qualquer flerte, nada de diferente ou peculiar que pudesse despertar a atenção de Mauro, a canarinha saltou do poleiro para seu braço, e ali ficou, prolongando-se, como se ela própria encerrasse uma espécie de sutil e espessa carícia. Foi uma surpresa para Mauro, uma surpresa boa, como o beijo repentino de alguém a quem se preza ou um abraço de um amigo de fato, desses que não nos invejam e que, abnegados, querem para nós o que tanto desejam apenas para si mesmos...

Mauro voltou então a assistir à tevê, a se entregar de boa vontade às leituras, a locar os infames filmes e a receber as moças... Sua vida mudou de novo, mais uma vez. E lá estava a canarinha com ele, ao seu lado, compartilhando de tudo e sem nada exigir em troca — pois se nem mesmo cantava! Só os machos cantam; as fêmeas copulam.

— As fêmeas copulam... — Mauro pensou, certa manhã, enquanto tomava café, a canarinha perto, sobre a mesinha de vidro da sala, comendo também, da plural ração do comedouro. De vez em quando seu bico arisco triscava o metal da bandeja e arrancava Mauro de suas cismas. Ele então sorria, apaixonado.

Às vésperas do Natal, prometeu a si mesmo presentear a canarinha com um belo macho de manto amarelo. Mas o Natal veio, e ele não cumpriu a promessa.

O verão desnudou os dias e mais tarde, repentinamente, umedeceu-se...

Por ocasião do início do outono, Mauro não foi mais visto no prédio. A correspondência chegava e se acumulava. Igualmente as contas. O fornecimento de energia elétrica foi interrompido, e logo sua linha telefônica teve também o mesmo destino. Se antes o aparelho tocava, tocava, à exaustão dos demais ouvidos de parede-meia, agora estalava, no ouvido de quem ligasse, a fria mensagem: "Este número encontra-se temporariamente fora de serviço". O síndico começou a se preocupar e a cogitar uma tragédia: ou o Sr. Mauro viajara — o que não era nada comum, se não improvável, um feito inédito talvez —, ou estava morto dentro de casa, já podre e a exalar. A verdade é que deveriam arrombar a porta... Marcou-se então uma assembléia extraordinária, com o propósito de discutir o assunto e deliberar, convenientemente, sobre o procedimento mais correto a adotar.

— Conforme a lei.

Alguns dias depois, secundados por uma dupla de enfadonhos policiais à paisana, o síndico e a sub-síndica entraram no apartamento e de pronto, quando suas vozes irromperam, foram saudados por um imponente e voluptuoso canto de pássaro, de canário. A gaiola na sala abrigava dois espécimes, uma fêmea, de penugem amarelo-acinzentada, e um macho, intensamente amarelo, como uma viva pétala de girassol livre na brisa. Os dois eram as únicas massas de cor na sala branca e asséptica, de velhos móveis sem brilho e paredes nuas, sem quadros, ou qualquer outra espécie de ornato.

DISSOLUÇÃO

Já faz alguns dias que ando sentindo no peito um brando prurido, um incômodo sutil, como se um inseto metálico, em lugar de me percorrer a pele, houvesse decidido escavar-me. Mas não gosto de médicos, portanto não fui ao médico. Nem irei.

Hoje cedo acordei triste. Ao prurido seguiu-se uma dor leve, incipiente, que mal se faz notar, e se eu fosse outro, menos preocupado, menos pessimista, decerto não notava. Mas, como noto, fico triste. Embora sem motivo, pois sou um homem só, e sendo assim não tenho nenhum motivo para ficar triste. Nem esta dor é um motivo. A tristeza, na maioria das vezes, é falta, ausência. Algo some, fora ou dentro de nós, e então ficamos tristes. Mas o que tenho fora ou dentro de mim para sumir? Nada, só a mim. Sandra se foi, invisível...

Antes de tomar café, telefonei para o trabalho. Conversei com Lina, a secretária do chefe.

— Não vou poder ir — falei.

— Não?

— Não, não estou me sentindo bem. Uma dor...

— Vá ao médico. Talvez não seja a dor...

— Vou, sim.

— E aproveite e compre logo seu espelho — ela disse, num tom de repreensão que eu sabia ser um prolongamento do caráter do chefe, uma influência dos anos de trabalho ao lado dele.

— Meu... esp... espelho...? — gaguejei.

— É, aproveite o dia livre e faça isso. E o curso, você vai ao curso?

— Não sei...

— É melhor ir. Gastamos dinheiro com ele, e precisamos dos pontos, cê sabe... — seu tom de repreensão se mantinha inalterável, frio.

Vesti uma roupa qualquer e decidi dar uma volta. Não iria ao médico, sabia que não iria. Antes a morte que o êxtase branco do consultório, do uniforme do médico, dos olhos de sua assistente. Tudo isso dói. Tanto quanto a dor. Ou mesmo mais. A dor incomoda mais no médico. Quero dizer: quando vamos ao médico.

A cidade é a mesma, clara, suja e desarrumada. Quando Gregório de Matos andou por aqui também notou isso. Um homem não pode ser limpo por aqui. Um homem tem que feder, suar e emitir gritos. Só assim será visto e talvez amado. Vago pelas ruas, vou reto e não me volto, por coisa alguma, nem pelas mulheres, que são bonitas e parecem dispostas... Penso em Gregório, em sua infelicidade, no quanto foi triste aqui, mesmo sem doer...

O curso a que se referiu Lina é sobre cultura e arte gregas. Inútil, como todos os cursos atualmente. Fui obrigado a me inscrever nele e freqüentá-lo. A empresa precisa marcar pontos culturais, atingir sua cota mensal, e também a anual, igualmente importante. E se não faço o curso, alguém tem que fazer; a própria Lina o faria, se fosse preciso, em último caso. Uma falta hoje, a terceira, e perderei o certificado, e a empresa, os pontos. Serei advertido, certamente serei, e durante meses não integrarei qualquer projeto, ficarei de fora, alijado, quase sem um braço. É assim. Sem possibilidade de apelação. A não ser que eu vá ao médico e ele me dê um atestado, no qual não haja menção à dor. Mas não gosto de médicos. Não gosto. O êxtase branco, os olhos brancos, o consultório como um palco no deserto, claro, ofuscante, seco.

O curso é uma tolice, um capricho inútil. O homem não pode sobreviver além do limite imposto pelo tempo, pela dor. Não pode suplantar a morte, se manter jovem e viril. Tudo o que o homem faz é porque já o traz embutido; tudo, toda ação é, portanto, uma peça a mais montando o emblema turvo do fim. Não interessa se é um simples curso imposto por interesses burocráticos ou um gesto de revolta. O tempo mata-os. Ou antes a dor de não se poder ter o tempo, deter seu avanço. Se o homem fosse mais corajoso, morreria, se deixava morrer, antes da dor, antes da morte; como as paredes imóveis descascam e racham, desprendem seixos e um dia, não importa qual, desabam. Mas morrer não anula a passagem de ninguém sobre a Terra. Apenas a abrevia. A dor está em muitos, e a morte em tantos mais. O ideal talvez fosse nos encolhermos de volta ao útero e ali, na última partícula, minúscula, microscópica, deixarmos de existir. Teríamos então nos fundido ao tempo, nos tornado o tempo. Matar sem sangue não seria mais privilégio do tempo, dessa dor.

No ônibus, que tomei porque a dor no peito voltara durante a caminhada, as pessoas estavam alegres. Olhavam pela janela e sorriam, ou apenas se mantinham ligadas à claridade, sérias, refletindo, sonhando. O motorista, por sua vez, conversava pelo espelho com o cobrador, um no sul, outro no norte, por gritos e sorrisos e trejeitos da face. Ele já tinha seu espelho. Não precisava mais lutar para obtê-lo. Já podia dormir em paz, sonhar, sair da realidade e sonhar. Nunca a dor o teria...

Cheguei sem dor até a porta do prédio da Academia, onde se realiza o curso, e depois voltei. Encoberto pelos arbustos do jardim, vi meus colegas passarem, vi a professora, o professor, a jovem que serve na cantina e está sempre rindo, sempre à vontade nas roupas, com o cabelo solto, esvoaçante, de brilho vistoso e meio avermelhado. Parece até que nunca nasceu nem vai morrer. Que nunca precisará obter também o seu espelho. Voltei a pé pelo mesmo caminho, e mesmo se a dor voltasse, prosseguiria a pé. Eu desejava o dia, o céu, as fulgurações cálidas do sol. O vento era suave e me acariciava. Em meio ao trânsito agitado de carros, fui livre, um instante somente, mas fui. Tinha esquecido a dor, o curso, aquela necessidade que me pressionava... espelho...

Em Ondina, entrei numa livraria e fiquei olhando os livros. Há anos não leio nada. Quero dizer: por vontade, voluntariamente, de pegar eu mesmo o volume, sem indicação ou referência, pagar por ele e abri-lo, começar a devorá-lo logo, no caminho ou ainda no caixa, com a garota do caixa insistindo: “Senhor, senhor, assine aqui”. Para tanto, preciso obter meu espelho. Saio da livraria. Não há livros. O que há são textos, depoimentos, mensagens, milagres, passeios, estadias, discursos, sonhos. E isso tudo posso eu mesmo haver em mim. Mesmo sem espelho.

O ônibus de volta. O mesmo da ida, mesma linha, mesma companhia. Não resisti à dor, quando ando mais longamente e mais forte, ela se torna mais funda, maior, mais intensa, verrumosa. O inseto escava. O cobrador é outro, entrado em anos, rosto sóbrio, olhar sério. Demoro a achar no bolso as moedas. Ele me olha, espera, sonha. Em seus olhos vítreos, com rajadas cinzentas no níquel castanho, vejo-me e logo desvio de me ver. Não é este o espelho. O cobrador é rápido, age com precisão ao me passar o troco, depois me sorri e se encolhe em seu assento confortável. O espelho pode isso, com eles as pessoas se sentam em lugares confortáveis. Retribuo-lhe os dentes brancos e bem escovados com um sorriso breve e sem ânimo. Nem que fosse uma mulher seria diferente. Há dias em que nada nos envolve, nada nos alimenta, nada nos toca. Noutra época talvez eu falasse a esse homem sobre os resultados do esporte, seria uma troca, e ele com seu sorriso solícito talvez me dissesse que não gosta de esportes, o que seria estranho... Mas eu compreenderia, como espero que ele compreenda agora, sem que seja preciso explicar-lhe tudo, minuciosamente, que estou à beira da morte, estranha morte, que sou um resultado negativo, que tudo em mim se prepara não para a súbita queda ou a gradativa imobilidade, mas para a invisibilidade nauseante, desumana, e que não posso obter meu espelho, por mais que queira. Por isso meu sorriso sem ânimo, minha atrapalhação com as moedas.

Desde criança penso que quando a morte viesse seria assim: continuidade de um programa, ato outro de um drama cujos protagonistas são tantos que um a menos não faz diferença. É até melhor, bem melhor, pois ninguém se dá ao luxo de ser astro, achar que é insubstituível e que por isso pode fazer cenas de fora do roteiro. Que agora ela me venha dormindo, a morte, espécie de passagem de um estado a outro, sem aviso à consciência ou sinal de alerta, como fechar os olhos na escuridão e de pronto, um segundo depois, abri-los na luz. Sempre assim a esperei, a morte. Que me demorou, me humilhou, me sorriu em excesso, me esnobou as carnes novas, os ossos firmes, do mesmo jeito que uma prostituta, diante de um jovem ainda virgem, o despreza e depois o joga para o alto, no ato que ele tanto esperou e ao qual ela o ata, e ele voa, plana, pensa: o gozo é a infância... A morte também vai me jogar para o ar, e eu, estranhamente, não vou cair, vou voar, da morte e para a morte, porque ela é o fim, mas também é o amor, o último amor. Ícaro voou para a morte porque estava voando para o amor, a ilusão. No entanto, por mais que eu convoque esta morte comum, que grassa desde o início dos tempos, ela não virá, não atenderá meu apelo. Há a dor, que só o espelho poderá sanar. A dor que depois se converterá em nada...

No fim da linha desço e volto a tentar entrar no mesmo veículo. Estou desorientado, estou num sonho, não sei, estou fora de mim ou muito dentro de mim. Não tenho o espelho e devo tê-lo, questão de tempo, um dia ou mais, e ele deverá ser fixado em algum ponto de meu quarto. E pela manhã devo olhá-lo e à noite cobri-lo. Espelhos atraem raios. Embora, cético, eu não acredite nisso, devo cobri-lo, pois não posso permitir que se quebre, que se destrua. Meu espelho! Não teria outro, nunca. O cobrador me barra à porta, com seu sorriso e seu braço. Nada me diz, nem protesto contra sua atitude. Me afasto e tento entrar pela porta da frente. Mas lá está o motorista, com seu braço e seu sorriso. Os dentes não são tão bons quanto os do cobrador, creio que sejam até piores que os meus, remendados. No espelho, enfim, os compararei, meus dentes com os dentes deles. Mas antes devo obter meu espelho, devo sanar a dor, fugir ao invisível...

— Por favor... — digo e sou todo uma súplica mole e que se excede.

Sua resposta não poderia ser mais breve, mais crua e universal:

— Não.

As portas estão fechadas. Todas. Não consigo entrar nem sair. Olho à minha volta a multidão que escoa das escadas rolantes. Meninos negros, e talvez sem pais, sem ninguém, apregoam suas mercadorias. Há de tudo, de cartões telefônicos vazios, para estúpidos colecionadores, a sacos transbordantes de pipocas. Sigo a multidão, imito-a, vou do térreo ao andar de cima, que é mais asseado, menos gorduroso, menos fuliginoso, menos suarento. Grassa-o a rapidez vã, desbasta-o o excesso de pés, fura-o o tempo que nada alimenta, que tudo condena ao desaparecimento, vagaroso, contínuo, impalpável.

Há lojas neste andar. Nelas as pessoas compram seus espelhos. Vejo-as entrando amarguradas e saindo felizes. Lojas de espelhos, freqüentadas por pessoas que somente vão ali para isso. Entro na primeira que avisto e também recolho o meu. Simples, reto, de moldura estreita, nem um pouco severa, como minhas roupas, como eu próprio. Mas não tenho dinheiro suficiente, nem pontos, cartões de autorização, bilhetes, nenhum direito legal; e o vendedor o arrebata de minhas mãos, rasga o invólucro de papel que ele mesmo fez com tanto cuidado e o devolve de novo à vitrine. Saio da loja e fico olhando meu espelho na vitrine. Nele não vejo a morte em meu rosto. Tudo seria mais fácil se a visse, se a tivesse certa dentro de mim. Subiria as escadas com mais alma, atravessaria as ruas com mais força, entraria em casa leve. Ou talvez não, talvez apenas morresse. O que já seria um conforto. Meu espelho! Mas não posso, não tenho dinheiro, nem pontos suficientes, nem cartões de autorização, nem bilhetes. Perdi tudo, e estou perdendo mais, a cada momento. Não tenho nem mesmo coragem de roubá-lo.

O vendedor se aproxima, pois tinha ido ao lado, na lanchonete, e comprado um sanduíche:

— Nem pense em roubá-lo.

— Não estou pensando.

— Está sim. Todos que não conseguem comprar seu espelho pensam em roubá-lo. Você não é o primeiro.

E mordeu mais uma vez seu sanduíche e me ofereceu o resto, pão apenas, sem carne, sem molho, sem creme. Peguei assim mesmo e o enfiei na boca. Não tinha gosto, não era morno, nem feria a gengiva. O vendedor voltou a entrar na loja, a vender seus espelhos, nossos, à nossa espera, e a cantarolar qualquer música. Esqueci o homem e me afastei. Subi as escadas, que não eram rolantes, e lá em cima atravessei a primeira rua das muitas que ainda teria de atravessar, até juntar dinheiro suficiente ou pontos suficientes ou obter uma autorização ou surrupiar bilhetes... A dor me voltou no meio do caminho, mas não era a morte, antes fosse. Assim nunca terei meu espelho. Nem morrerei, ficarei mortovivo, invisível. Sempre lembro do que me falou Sandra, quando ainda vivíamos juntos e ela era visível, e eu ainda não tinha medo, não acreditava:

— É, eles conseguiram...

— O quê? — eu perguntava, distraído.

— Nos matar sem sangue ou, se preferir, nos imortalizar,

nós, os pobres, os menores, os que apenas sobram quando não são úteis...

— Você fala da invisibilidade?

Eu continuava sem querer acreditar que eles a tinham obtido, depois de anos tentando, e tudo fazia para me manter alheio ao assunto, distante, como se fosse possível, assim, fugir à condenação.

— Sim. Já imaginou: viver eternamente invisível? É a mesma coisa que não viver, que morrer, mortovivo, pois não somos vistos, e aquilo que não se vê, não existe.

— Mas...

— Como mas?! — ela se irritou, e com razão.

Ainda digo *mas* quando penso no assunto e me lembro de Sandra e sei que está por perto, mas invisível, solta, e que não posso vê-la, não posso tocá-la, porque pareceria ridículo, eu abraçando o nada, e que ela não vai voltar para casa, nunca vai voltar, pois para que voltar, se ela não existe, se ninguém a vê, embora eu pudesse tocá-la e amá-la, assim, assim...?

Sua invisibilidade começou pela cabeça, de início o prurido, depois a dor, e ela, como eu, não pôde se libertar. Quase ninguém pode. Não há dinheiro suficiente, não há pontos suficientes, nem bilhetes, e uma autorização custa o dobro de uma vida visível que flui sem ameaça de se tornar invisível e que só se esgota na morte. Minha invisibilidade começou pelo peito, um incômodo, uma dor. Não fui ao médico, se fosse talvez descobrisse que ainda não é o que penso. Mas sei que é, cedo, mais cedo que com Sandra. As mulheres ainda têm algumas vantagens. Algo a dar por um tempo, antes de se diluírem nesta estranha morte inventada, que não demanda vagas em cemitérios, que não exige caixões, nem flores. Que dispensa convidados, visitas, homenagens, cortejos. Que não permite que nada pare, que obriga que tudo continue, em seu ritmo de cálculos e débitos e créditos e supressões. Morte de tantas mortes.

Ultrapasso uma rua e chego a outra, e a outra, e mais outra, incansavelmente, até nunca acabar, hoje vivo, visível, amanhã mortovivo, invisível. E sem Sandra: os invisíveis não se amam, não podem se amar. O que dois cegos amam um no outro?

O PARAFUSO

Ele estava conosco há catorze meses; e ela, há oito. Mauro era mais culto e falava melhor, mais refinado, com a correção de quem nunca abandonou o hábito de ler e por isso absorve determinadas palavras, difere seu uso e reproduz nas frases que fala a estrutura das que ouve nas leituras... Viviane sabia se vestir, e isso era tudo, toda sua força. Na moda que vigorava, as calças de cós baixo punham à mostra sua cintura cilíndrica, lisa e tépida. Digo tépida porque certa vez a toquei ali, involuntariamente, no elevador... Usava também, no verão, e mesmo no inverno, que aqui o clima é sempre abrasador, minúsculas blusas que por pouco não permitiam a seu umbigo presidir às reuniões. De resto, vivia sempre atrasada, às vezes atrasadíssima. Mas, quando questionada, alegava que preferia chegar com atraso a chegar banhada de suor. Os vinte minutos de atraso diário ela compensava à saída, arrumando com uma dedicação de mãe nossas mesas, sempre cheias de papéis inúteis e de farelos de pão e biscoitos, que comíamos sôfregos, no meio faminto da tarde. O chefe a olhava de esguelha, e nesses momentos eu sabia que ele a desejava, nua numa cama bem limpa, ao seu lado...

Mauro era aplicado e amigo de todos. No futebol, por exemplo, não torcia para time algum. Participava ativamente das discussões travadas em geral durante o almoço no refeitório central, mas jamais se posicionava a favor deste ou daquele clube que estivesse melhor colocado na tabela ou em surpreendente ascensão. De longe, no vasto e vazio refeitório direito, eu o observava atentamente. Depois de um tempo me convenci de que ele não queria era se indispor com ninguém, nem com os colegas, nem com os superiores, que estavam ao lado e poderiam ouvi-lo, embora a princípio parecessem alheios às discussões. O futebol, com seu furor e sua imprevisibilidade, descortina um largo campo pantanoso onde o tolo pode chafurdar à vontade, e se ferir ou ferir os que imprudentemente caminham com ele, de igual modo ébrios. Mauro procurava fugir a isso, seguir pelas margens mais firmes, ser moderado e com isso sobreviver ileso a dois diferentes fogos.

Eu não era propriamente um chefe de seção. Apenas liderava um grupo de cinco funcionários do meu setor, mas recebia uma remuneração igual ou quase à de qualquer um daqueles bigodes presunçosos que nos chefiavam. A diferença entre o meu salário e o deles era mínima, irrisória mesmo, e bem pouco me serviria, se a desfrutasse. Totalizava, na verdade, a quantia que eu mensalmente entregava à moça da limpeza, que ia lá em casa uma vez por semana, quase sempre aos sábados, e virava os cômodos de ponta-cabeça, o que me fazia sair, dar uma volta. Menciono este detalhe da remuneração porque entre os subordinados corre a idéia de que aquele que somente dá ordens não chega a ser um chefe. Chefe é, para eles, quem ganha mais, bem mais, e senta em grandes mesas, com cadeiras quase poltronas de estar, bem cômodas, e rotativas e confortáveis e profundas, a ponto de após o almoço instigarem o sono, puxarem o sujeito. Resumindo: eu só dava ordens, e para impor respeito me esforçava em dobro, falava em dobro, me dobrava. Na equipe só duas pessoas me respeitavam de fato, Viviane e Mauro. O que eu pedia ou ordenava eles faziam, com afinco e até boa vontade. Eram práticos, hábeis e eficientes. Sabiam resolver os problemas quando estes ainda nem haviam aparecido ou apenas tinham posto o focinho de fora, como um animal que sonda o dia e avalia as condições predatórias do caminho que terá de percorrer até alcançar a comida. Eram por isso os meus favoritos, e se eu crescesse eles cresceriam, se eu mudasse, forçosamente eles mudariam. O pacto era este, silencioso, fundo, erguido unicamente sobre atos recíprocos e tarefas cumpridas à risca, de acordo com o desejo do chefe.

Nosso chefe era o senhor Lemos Sodré, um luso-brasileiro de feições ilícitas, gordo, fútil, tributável e diabético. Desesperado por mulheres, não perdia a chance de espreitá-las nas ruas, nos corredores de sua própria empresa, nos aeroportos, nos *shopping centers*, nas piscinas, nas praias, em qualquer lugar público. Onde elas estivessem, aos grupos, ele estaria. Trabalho e mulheres constituíam sua vida. Em Portugal, quando jovem, fora palhaço, um dos piores do meio circense luso, diga-se de passagem. No Brasil nos fazia a todos de palhaços, homens e mulheres, e assim enriquecera. Apesar de tudo, era capaz de reconhecer o valor pessoal ou coletivo de cada um de seus subordinados, fosse por que motivo fosse: em mim, a diligência, em Mauro, a abnegação, em Viviane, o corpo...

Foi ele o primeiro a notar os contatos fortuitos entre os dois. O leve toque ocasional ou proposital disfarçado, no elevador, no refeitório, por entre as mesas, quando se cruzavam no estreito espaço dos setores; a troca constante de olhares e devoções, confirmadas estas pelos sutis bilhetes de agradecimento afixados nas capas dos processos; a íntima cessão do lugar na fila do café e os largos sorrisos sem sono quando se viam pela manhã... Por fim, a entrega mútua e sucessiva, de mãos, ombros, olhos, pés sob as mesas, coxa contra coxa quando juntos, lado a lado, diante de mim, numa reunião pequena, de última hora. O chefe percebeu logo a gravidade do caso e me chamou, dizendo:

— Viviane e Mauro estão...?

Logo compreendi ao que se referia, e por isso ele nem completou a frase, deixou que ficasse subtendida e dúbia, de modo que se alguém, passando naquele instante com algum papel nas mãos, escutasse, não pudesse supor senão que Viviane e Mauro estavam trabalhando, cumprindo alguma tarefa específica que a rigor só era do meu conhecimento e do dele, o chefe. Nada mais, a não ser que este alguém também houvesse notado qualquer coisa de diferente neles, o amor, neste gesto que tudo diz, naquele olhar que tudo mostra. Sim, talvez.

— Parece que sim — respondi, num sussurro.

— Precisamos fazer alguma coisa — o chefe insinuou e baixou a cabeça, voltando às suas rubricas.

Durante o almoço planejamos uma ação cujo propósito era certificar se os dois estavam se relacionando mesmo, dentro e fora do trabalho. Só assim poderíamos agir, de acordo com nossa dor, nosso despeito, nosso desejo ultrajado. Fui oficialmente designado a vigiá-los, a segui-los por onde quer que andassem. E eles foram longe, muitas vezes, a praias muito distantes, e lá ficaram até o pôr do sol, abraçados. Na volta, entravam num motel disfarçado de hotel, no Centro, e saíam três horas depois, com os cabelos gotejantes. Mauro levava Viviane em casa e depois se dirigia à sua. Acabava por dormir tarde, lá pelo meio da madrugada. A luz azul da tevê se derramava da janela de seu quarto contra a noite fria e esverdeada. No dia seguinte, quase sempre domingo, se encontravam de novo e iam ao Jardim Zoológico. Brincavam com os macacos, admiravam os pássaros e, por fim, sentados num banco de praça, se abraçavam novamente até o anoitecer. Acabavam jantando num restaurante de médio porte, chinês ou árabe, às vezes italiano, de massa pesada. Encerravam a noite num cinema, a última sessão, melancólica, com poucas pessoas e um ar de fim de vida, de velhice. Mas eles nem percebiam isso, esse tom de infelicidade, que pessoalmente me comovia. Tinham os beijos, os braços, os abraços, o morno e decisivo apreço.

Sem descanso, e tomando todos os cuidados necessários para não ser descoberto, me ocupei deles por quase um mês. Passados alguns dias desde o fim de minhas observações, numa segunda-feira, deixei meu relatório trancado na gaveta da mesa do chefe e tirei, por minha própria conta, uma semana inteira de folga. Durante a minha ausência, Mauro respondeu, automaticamente, sem ser designado ou convocado a assumir tal papel, pela liderança de nosso setor, inclusive em duas ou três reuniões de emergência das muitas mensais que o chefe, caprichosamente, nos impunha. E pelo menos em uma delas compareceu com Viviane a tiracolo — a barriga à mostra e um audacioso sorriso. Quando voltei, o chefe, mais indignado que nunca, já tinha a solução para o caso.

— Solte-os.

— Como?

— Solte-os. Não os suporto mais. Passam os dias se observando, se tocando, vivendo. Não suporto mais isso.

Insinuei, com certa ousadia, que ele estava com inveja, se deixando dominar por uma onda de dor e despeito. Era cedo ainda, poucas pessoas haviam chegado: o amplo salão de mesas enfiadas em diminutas estrebarias estava vazio. Do outro lado, perto das janelas, a moça da limpeza passava o aspirador de pó nas últimas mesas, no equipamento de informática, nos armários, nas estantes. Logo ela sairia, e as pessoas começariam a entrar, todas, inclusive Viviane e Mauro. O chefe me olhou com espanto. Pela primeira vez em anos eu ultrapassara o limite que ele impusera entre nós, o muro alto da hierarquia, a muralha sólida do dinheiro. O outro lado era perigoso, eu sabia, e por instantes o temi.

— Você também sente inveja, ódio, caso contrário não aceitaria levar adiante está comédia.

— É, pode ser — concordei, vencido.

Ouvi o ruído túmido do elevador, que subia. Antes que o salão se enchesse, perguntei como deveria soltá-los. O chefe respondeu que iria pensar no assunto e depois, no fim da tarde, me comunicaria alguma resolução mais concreta. Fui pra minha mesa e me sentei. Mauro e Viviane chegaram, juntos. Já chegavam juntos, sentavam e conversavam alguns minutos, para só então começarem a trabalhar. Viviane me sorriu. Tinha o umbigo de fora, como sempre. O umbigo que Mauro agora conhecia na intimidade, pelo toque dos dedos e dos lábios... Passei aos dois as tarefas do dia e cobrei os relatórios mensais. Mauro já tinha terminado o seu, e Viviane, que ainda esperava a chegada de alguns dados, me prometeu o seu para no máximo dois dias. Aceitei com gentil benevolência o novo prazo que ela propunha e saí um pouco, fui até o corredor, onde as garrafas térmicas de café aguardavam os viciados. Me sentia inquieto, a idéia de soltá-los me angustiava. Não propriamente porque fossem insubstituíveis ou porque fossem desaparecer, deixar de existir em nossos dias. Um parafuso é um parafuso, e quando a porca e a arruela se soltam e se perdem, é preciso providenciar outra porca e outra arruela. E como nunca as encontramos soltas, avulsas, outro parafuso vem junto, para substituir aquele primeiro, que falhara, que deixara a porca e a arruela se perderem. Eu era o parafuso. Mesmo assim decidi correr o risco e, de tarde, depois que todos se foram, e o salão novamente ficou vazio, a noite esfriando as janelas com seu sopro gélido, os computadores recém-desligados, me arrastei até a mesa do chefe. Sentado à sua frente, esperei pacientemente as instruções. Ele fechava sua agenda para o dia seguinte e me deixou mofando bem uns vinte minutos. Não falou nada, creio mesmo que nem sequer me olhou, a mente fixa nos horários de cada compromisso, de cada reunião. Se notou minha chegada, não o demonstrou (nem com a cabeça, ligeiramente inclinada para mim, nem com os olhos, momentaneamente fixos nos meus), talvez porque não quis ou então porque no fundo isso era dispensável, afinal eu sempre estaria ali, quer ele confirmasse minha presença quer não. Enfim disse:

— Vou passar o dia inteiro fora amanhã. Aproveite e solte-os.

— O senhor já definiu como devemos fazê-lo?

— Só há duas opções: ou você os demite ou você se livra deles. Prefiro a segunda opção. É menos dispendiosa.

— Ok. E quanto a mim?

— Você? Ora!

— O senhor não vai...

— Não.

— Não?

— Não.

Confiei amplamente em suas palavras e no dia seguinte cuidei para que Viviane e Mauro ficassem até mais tarde trabalhando num relatório de última hora, a ser entregue pela manhã ao chefe, que receberia, logo cedo, a visita hipotética de um tal senhor Aranha, consultor em administração, e que, afinal, nunca veio. Por volta das vinte horas, subi pelas escadas, de volta do banheiro do andar de baixo, onde ficara encerrado, lendo, por mais de duas horas, e apareci de súbito no salão. Eles ficaram surpresos, e julguei ter notado neles uma intimidade ainda maior, ali, sozinhos, na noite que se avolumava. Disseram que ainda não tinham terminado, mas que faltava muito pouco e que eu poderia ficar tranqüilo, pela manhã o relatório estaria em minha mesa...

— Sei disso, estou tranqüilo — foi o que consegui dizer.

E os arrastei comigo, alegando que eles poderiam terminar o relatório no dia seguinte, cedo, pois o chefe só chegaria às dez horas, na companhia do tal senhor Aranha. Estava tudo preparado no elevador da direita, que estava lá embaixo, estacionado, e a porta no andar aberta, estranhamente aberta...

— Não é possível — Mauro disse, ao se deparar com o negro e morno retângulo, e foi averiguar a profundidade do fosso, o negror por onde logo desceria, empurrado por mim...

Como eu previra, Viviane foi atrás de Mauro, temerosa do que poderia acontecer ao namorado diante daquela apavorante boca aberta... Pois cheguei calmamente por trás dos dois e os empurrei. Dois gritos, duas dores e um só baque surdo, como se durante o curto percurso houvessem se abraçado, pela última vez.

De imediato, telefonei para a portaria e comuniquei ao chefe dos vigias o acidente. Ele subiu aos pulos pela escada, apavorado. Quando chegou diante de mim e do fosso, expliquei que estivéramos trabalhando até tarde e que eu acabara de dispensá-los e que pouco depois ouvi os gritos, o baque surdo de corpos sobre fios e ferros...

— Também ouvi. Quando o senhor ligou, eu estava tentando averiguar o que tinha acontecido, se alguém tinha caído, ou se tinha sido o piso da cabine que se desprendera, com alguém dentro. Tudo é possível. Mas que coisa horrível! Que desgraça! — ele disse. E depois, olhando o vão negro:

— Como esta porta se abriu?

Balancei a cabeça e falei, sem fingir me recuperar de um profundo abatimento:

— E como faremos para fechá-la?

A CASA ALTA

Disseram que ele havia chegado, que estava na Casa Alta, com os pais. Havia anos eu não o encontrava, e havia anos também que eu sabia de suas atividades, que tocavam com as minhas e com as de alguns amigos. Cogitei ir procurá-lo, falar com ele, mas durante toda a manhã evitei pensar nisso. Revi alguns contos em que vinha trabalhando, dei alguns telefonemas e respondi três longas cartas. Por fim, à uma hora, preparei um almoço rápido e abri uma garrafa de vinho; na última, aberta, e sobre a geladeira, esquecida, o líquido se tornara uma borra. Enquanto comia, liguei a tevê e me distraí, nos inúmeros canais, com a repetição teatral de caras, bocas, mãos e ventres das elétricas e excitantes apresentadoras dos programas musicais. Só ao terminar, e quando o sono pesado de uma sesta diariamente tolerada se apoderou de mim, me convenci de que deveria procurá-lo, mas não sem o temor de quem busca auxílio junto a um superior ou mesmo junto a Deus, esse abismo. Eu cochilava, ciente ou só iludido de que é assediado pelo sono, à noite ou mesmo de dia, que o homem sonha e às vezes realiza impossíveis maravilhas.

A caminhada não era longa, trezentos metros precisamente. Minha casa, humilde, ficava encostada ao Iate Clube, e a dele, ao alto, mais à direita, agudamente à direita, no cimo da sinuosa ladeira que desemboca no Largo da Vitória. O mar, aos pés da encosta de recifes, tremeluzia na tarde. Desciam do céu, subjugados ao influxo de uma imperceptível pulsação, fios tensos de luz que se partiam contra a água ondulante. Chegava até mim um cheiro acre, salgado, fresco como o interior de um filtro de barro. Na ladeira, abandonada à sua lenta curvatura banhada de sol, ouvi o súbito choro de uma criança a escorrer de uma janela aberta. Voltei os olhos na direção do som, e foi como se me enfiasse por um túnel. Emoldurado pela janela, um profundo e denso negror contrastava com o sol forte da tarde. A casa, miúda e escassa, e que por vários meses permanecera vazia, fechada, numa imobilidade muda, agora gemia, viva e esperançosa. Era de fato uma pena eu não ter tanto tempo assim naqueles dias para observá-la melhor e dela extrair lições que pulverizassem meu ceticismo e assim me transformassem.

Apressei o passo, não sei por quê, talvez com a intenção de debandar da cabeça qualquer pensamento excedente, inútil, que me parasse. Uma das condições para se atingir o âmago de qualquer coisa é não se perder pelo caminho, em desvios tolos e considerações vagas. Uma vez disparada, a bala só não dispensa o calor do ar, tudo o mais é atrito, que ela evita, de modo que não pare de ir, não fique pelo caminho. E eu tinha medo de não ir, de parar pelo caminho, em algum recanto, longe de meu alvo.

Um grupo de rapazes surgiu no topo da ladeira e, depois de uma breve parada, veio descendo, alegre. Eu conhecia alguns, de vista. Não importava o dia, nem a hora, estavam sempre por ali, felizes. Se não sabiam aonde ir, tampouco tinham aonde chegar, o que era sem dúvida uma vantagem.

Parei um instante junto ao muro de pedras, mas sem me encostar a ele, e esperei que os rapazes passassem, em bloco ou um por vez, pois, alternando uma movimentação ora agressiva ora indolente, pareciam querer se dispersar. Temeroso, me lembrei da construção do muro, meses antes. Foi erguido afinal porque uma criança caíra sobre as pedras, lá embaixo, na praia. Caíra mas não morrera, apenas ferimentos incisivos sujaram o corpo branco da menina. Mesmo assim os moradores se reuniram e decidiram levantar o muro... Foi um fim de semana de festa, não só de pedras.

Os rapazes passaram, e com eles um cheiro humano mesclado a suor e sol. Minha consciência, estritamente visual, reteve-se no alvor dos sorrisos. Retomei meu caminho, meu destino, por assim dizer. O destino é esse túnel que não sabemos aonde nos conduz, se ao alto respirável ou ao baixo imundo, e que mudos aceitamos, sem fé.

Duzentos metros nos separavam. E uma escada, com degraus já gastos, escavados nas bordas, como travesseiros por ora vazios, sem cabeças. Deveria subi-los e, ao fim deles, antes de atingir a varanda, certamente abandonada ao silêncio e à poeira úmida que sobe do mar sedento contra as pedras, não seria nenhuma vergonha parar um momento e refletir. Em pleno fogo não há mais jeito, assim como sob a água não há mais oxigênio. Não queria me arrepender, não queria voltar de lá arrependido. Se eu ao menos pudesse ouvir o que ele dizia, se ao menos pudesse vê-lo sem estar perto dele, ver o que estava fazendo, como estava vestido, se gesticulava ou sonhava. Sei que sonhava, como eu sonho. A vida é assim. E é o que dói de repente e inquieta o dia, que a vida possa acordar, e todos deixarmos de existir, neste levantar súbito de pálpebras...

Cheguei diante do muro, uma sólida muralha de pedra com um estreito vão retangular, recortado de pé e vedado por um pesado portão de ferro. O portão permanecia sempre aberto, no trinco, que, ao ser destravado, emitia um ruído provocante, que punha lá em cima, de sobreaviso — orelhas de pé, olhos em sobressalto —, ferozes cães de guarda. Mas naquele dia nem isso, o portão estava aberto, à minha espera, e eu não via os cães, nem os ouvia. Tentava me convencer de que era um bom presságio, uma válvula involuntária que reunia, num só poço de água morna, eu e minha sombra. O que eu era minha sombra reproduzia à perfeição, e aquele portão aberto tornara-se minha garantia. Ou não. Sempre o não, este não do mundo. Não, é preciso não pensar neste não. Mas pensar no sim é supor o não... Ou não? Estou tão confuso hoje quanto naquela época, diante daquele muro, daquele portão, da escada, dos degraus... Os olhos que eu haveria de ver, a mão que haveria de apertar. E os sorrisos, a troca falsa e infeliz de sorrisos. Se fosse possível nunca sorrir... Num mundo assim eu trafegaria livre. Subiria todas as escadas e venceria todos os degraus. Abriria sem ruído todos os portões, e enfrentaria a nu muitos cães.

Ele estava lá em cima, já podia vê-lo. Mal atravessei o portão e venci os primeiros degraus, avistei-o. A cabeça era leonina, de alta cabeleira e testa larga, que intimidava. São homens sempre difíceis de enfrentar, de encarar, estes, com tão efusivos traços. E se forem altos então, esguios, flexíveis como a aragem, do tipo que se enfuna ao menor sopro ou se retrai ao mais leve toque, então são os piores, como países rodeados de crocodilos e afiados cacos de vidro. Ao ultrapassarmos as mandíbulas, pára-nos a aspereza denteada. Sua cabeça estava por trás do vidro da janela e contemplava a água. O azul banhado de sol boiava em seus olhos. Eu estava cada vez mais perto, quase na varanda. Seu perfil à janela era uma nesga de luz. O vento me empurrava. Ele me descobriu, e eu a ele, simultaneamente, num roçar simétrico.

O minuto seguinte constituiu um abraço, que se findou com a tola pergunta, de sua parte: "Como vai?". Ele sabia o motivo de minha visita, compreendi isso de imediato. Seu sorriso triunfou, e também suas mãos, dissolvidas nos bolsos do paletó, no reduto morno que as aquecia dos agudos olhares humanos. Sua gravata, austera e bem ajustada, era quase a extensão de seu orgulho, que caía de sob o queixo como uma espessa cascata negra; era quase a materialização de sua soberba, a inabalável soberba de quem, mesmo ao caminhar, desliza. Eu não estava preparado para seu terno...

Ele exigiu que eu sentasse, que ficasse imóvel à sua frente e rebaixado, enquanto ele caminhava, mãos nos bolsos, de um lado para o outro da sala. É assim que nos encontramos agora, eu aqui imóvel, e ele lá, no fulgor da vida. Tenho este mar, e é só, esta esperança azul e imensa de todas as manhãs, mesmo as chuvosas. Ele atravessou o mar, chegou à outra margem e já se acha tão seguro de si que volta e volta, sem receio de nunca mais partir. Ele já domina o mar, já sobrepuja sem temor suas ondas rumo à orla em que deseja aportar e plantar os pés, ao menos por um tempo, como de veraneio. Pronunciei seu nome, "Humberto", que soou cavo, dentro de um copo. Ele me olhou, sabendo que seu nome não viria só, que viria mais coisa então, nele, sobre ele. Claro, partira havia doze anos, há cinco fundou uma casa de livros, que ia de vento em popa, como se diz, e já publicava Kafka, João Antônio, Piglia. Nós todos que estudáramos com ele e partilhávamos a mesma arte, que escrevíamos, enfim, o admirávamos. Nas livrarias seus livros (e tomo a liberdade de usurpar o verso de um amigo) eram como "acesas bolas rodopiando nas mãos". Queimavam, é certo, mas brilhavam, como brilhavam. E a entrevista que concedeu, na tevê, quando da bienal do livro, há dois anos, paramos todos para admirá-la, embevecidos. Nessa noite nem dormi direito, lacerado de perspectivas, teso de admiração, de orgulho. "Ah, Humberto!"

Ele voltou à sua posição original, diante da janela, de frente para o mar, conseqüentemente de costas para mim, que permaneci sentado, com seu nome nos lábios, o resto de seu nome ou só a sombra dele, o rastro, a chama tênue, prestes a se extinguir. Ele me ouviu pronunciar seu nome, mas insistiu em permanecer à janela, como se nada mais importasse senão aquele azul petulante. Ou então era porque não queria mesmo ouvir seu nome, nem o que eu tinha a dizer, o que só a custo, agora, que ele de novo e indiferente me virou as costas, serei capaz de articular. O que eu tinha a dizer não sairia de minha garganta. Ficaria ali, aqui, por anos. Isto era tão certo quanto firmes se pareciam, assim à distância de quatro metros, suas costas, maciço rochedo que subia uma íngreme escarpa, rumo à luz. Deixei escapar um suspiro de dor, não só de dor, e ele de pronto se voltou para mim. Diria que, simultaneamente ao som do ar que desprendi, e às palavras que por entre o mesmo vazaram-se incorpóreas, o mar lhe aplicou um golpe. Mas isso só Humberto poderia confirmar, se algum dia o acharmos, pois está distante, tão distante, na cúpula, imerso em nuvens...

— Não — ele disse.

Apenas ergui um pouco mais a cabeça, de sorte que a qualquer pessoa perto pareceria apenas que eu não o escutara direito, mas no fundo o que eu tentava não era ouvi-lo outra vez, e sim compreender, compreender o não antecipado à pergunta que eu nem sequer pronunciara. Saber se era isso mesmo que ele quisera dizer, ou se, por acaso ou por fidelidade ao hábito de continuamente dizer não, quisera dizer sim e involuntariamente dissera não. A gente incorre nesses equívocos, às vezes, de dizer o que não quer dizer ou, no outro extremo, de transfigurar o dito em não-dito. Mas eu estava sonhando, sendo otimista demais em relação a ele, e complacente ao cúmulo e humildemente respeitoso, quando o natural era repudiá-lo já ali e a todo seu séquito de injúrias em uma única palavra. Era *não* mesmo o que ele quisera dizer, pois o repetiu, inúmeras vezes, sem demonstrar nenhuma vontade de parar, mesmo que a garganta lhe começasse a doer ou se lhe travasse o rosto, exausto daquele demasiado esforço. Pude, inclusive, perceber que seus lábios se comprazeriam naturalmente em gritar, abertos e volúveis, agora que já tinham precisado a resposta, a palavra, que não haveria, de forma alguma, dali por diante, qualquer possibilidade de mal-entendido ou duplo jogo.

Em busca de ar ou alívio, despenquei pela escada a ouvir repetidas vezes o não, ou os nãos, contínuos, incisivos e compassados, quase um único, imensurável, maior que o mundo, e de uma sonoridade estrepitosa. Ainda os ouço sobre mim, mesmo já tendo se passado tanto tempo. E quando passo em frente à Casa Alta, ainda que não queira, e volte o rosto, sinto ouvi-lo, o não, a única palavra da qual, depois de morto, terei alguma lembrança — uma doce lembrança de compreensão.

VACINA

Virgínia cortou o pé, de leve, na praia, quando mergulhou e, de volta do fundo, deu um forte impulso com os pés num ramo de pedras. Um corte apenas, pequeno e quase sem sangue, no dedo grande. Ao sair da água, ela examinou o ferimento, depois deu de ombros e voltou pra debaixo do guarda-sol. Gotejava água de seus músculos, queimados, lubrificados de sol. O marido, ao lado, lia. Ele quase nunca entrava na água, preferia ficar ao sol na sombra, lendo ou simplesmente olhando as pessoas que passavam. Preferia a espuma que se formava em seus olhos à passagem delas. Achava todas muito engraçadas, e loucas, e estranhas. Mas excluía desse julgamento as crianças, que para ele eram lindas, até mesmo as pobres e negras, com suas caras sujas, seus olhos remelentos, seus braços finos, e que os banhistas indiscretamente evitavam. Elas ofereciam seus produtos com uma insuficiência comovedora, que fazia surgir nos olhos dele, um sujeito sempre frio, uma leve umidade, bem distinta da poeira de salitre trazida pelo vento...

Virgínia e o marido foram embora ao pôr-do-sol, quando a

última leva de banhistas se levantou, sacudiu a areia e, silenciosamente, deu as costas para o horizonte agonizante, de um vermelho de fruta. Dias mais tarde, Virgínia teve um sonho. Nele seus músculos úmidos secavam, se endureciam. Acordou assustada e imediatamente sacudiu o marido, aprisionado no sono a símbolos extraídos de pesadas leituras. Ele a olhou com um olho aberto e outro fechado, sem equilíbrio, sem raciocínio, a consciência turva de sono. Virgínia lhe disse que precisava ir ao médico, pois já sentia estar meio que possuída pelo tétano.

— Tétano? São sete horas da manhã de sábado! — protestou ele, impaciente e certo de que esta doença só ataca as pessoas de segunda a sexta e nunca pela manhã, no vestígio que o sono prolonga ainda por algumas horas.

Virgínia não lhe deu ouvidos, foi logo se levantando. Enquanto urinava, totalmente nua, folheou o catálogo do plano de saúde e anotou os nomes e telefones de alguns médicos. Provavelmente, bem poucos atendiam aos sábados, uma meia dúzia talvez, se muito, espalhada pelas poucas clínicas de emergência.

Escolheu uma médica que atendia até as doze horas numa clínica perto, nos Barris. Caminharam menos de dez minutos. No caminho, Virgínia fez questão de ignorar os argumentos do marido. Quanto mais ele falava e se irritava com ela, mais ela se apressava e se afastava. No últimos cinqüenta metros ambos corriam, como loucos que à noite haviam deitado na Dinamarca e de manhã estranhamente acordaram no Chile, e não sabem o que fazer a não ser correr, tentar voltar... Quando Virgínia entrou no consultório e externou seu temor, a doutora apenas disse: "Se você tivesse de ter tétano já teria tido". A profusão de *tês* confundiu Virgínia, mesmo assim ela esperou em silêncio o desenrolar da consulta. A médica, uma mulher branca, de cabelos negros, escorridos ao acaso dos fios, e óculos retos na ponta do nariz miúdo, olhou o ferimento ainda aberto e receitou uma pomada. Depois, com uma cara contrafeita, que a Virgínia pareceu característica dos médicos que trabalham aos sábados, em lugar de estarem na casa de praia comprada sem muito esforço ou na fazenda do sogro, preencheu a requisição urgente de três doses da vacina antitetânica.

Os dois saíram mudos da clínica. O marido se acalmara, assistindo pela tevê, na sala de espera, a uma competitiva e monótona corrida de automóveis. Virgínia se deixava envolver pelo medo tardio da morte, que, se quisesse, poderia tê-la abraçado vorazmente, pelo tétano, sem que ela nada percebesse, quase se entregando. Porque era sábado e havia no céu um sol magnífico, mais redondo e mais claro, sem contornos, atado a um elementar céu azul, Virgínia pensou que aquele era um bom dia para morrer ou, se ficasse viva, ir à praia, ao cinema, visitar museus e exposições de pintura, passar a limpo o diário infinito que mantinha desde criança. Seus pés, dentro dos sapatos, reconheciam o chão de um modo agora menos óbvio. E com mais calor, mais afeição, compreensão, súplica. A tolerância de um doente que, cansado do frio da branca enfermaria, sai ao sol e fica alguns minutos de pé, no meio do pátio, sentindo o vazio tépido que salta dentro de seu corpo, o milagre que lhe sobe...

Atravessaram andando o vale dos Barris, rumo ao único posto de saúde aberto aos sábados. Virgínia olhava tudo, apreendia detalhes que antes jamais havia percebido. Embora reconhecesse que bem poucas vezes havia passado por ali, se acusava de relaxada, de péssima observadora. Internamente magoada, e consciente agora de sua total falta de sensibilidade, Virgínia devorava a paisagem e as ruas, as casas e as pessoas desoladas por trás dos copos de cerveja e aguardente, nos bares talhados na improvisação das construções populares, e se dizia incapaz de perceber, nos cantos que só as formigas ou os homens simples freqüentam, com os olhos mínimos da curiosidade, a sólida essência do trivial.

Jamais vira, por exemplo, que, naquelas casas humildes de tijolos nus e roupas estendidas em arames, a vida pulsava diferente, com um vigor doce, resultado mais da falta que do excesso de possibilidades e forças. Era exatamente porque o sangue era escasso que, à sua passagem, as veias dançavam. Ao seu lado, o marido se mantinha pensativamente longe, ora em casa, dobrado sobre os livros que o seguravam na vida, ora eufórico com a velocidade dos automóveis que vira na sala de espera da clínica.

Não havia vacina. Quer dizer: havia, mas para os casos de emergência. O homem que atendeu Virgínia disse que seu caso poderia esperar até segunda-feira. Ele suspendeu seu pé, pôs o dedo no corte com o peso do enfado dos sábados longos e quentes e depois o largou no ar vazio como quem joga na lata de lixo um pedaço de carne podre. Numa pose de nobre concentração, preencheu uma senha e entregou a Virgínia. Na segunda-feira pela manhã ela seria a nona pessoa a ser chamada ou, pela tarde, se preferisse, a segunda. Nem bem Virgínia pegou o papel, o cara chamou outra pessoa, uma adolescente de cabelos longos, descidos em lânguidos cachos, e que quase havia perdido o pé nos raios da roda da bicicleta. Na iminência da agulha, a garota já trazia lágrimas suspensas... Quando Virgínia e o marido atravessavam o portão de ferro, explodiu lá dentro o urro, abafado com o lenço materno.

Voltaram pelo mesmo caminho. Não voltariam por outro, nunca. Era o mais curto e também, agora, o mais belo. Virgínia arrastava o marido, com sua cauda de tato sensível. Ladeavam a pista dos carros, que passavam volumosos, velozes, vinte ou mais, por vez, em blocos deslizantes. O cheiro de combustível queimado enchia o ar. Todos por ali, os moradores, deveriam trazê-lo entranhado no corpo. Não havia perfume que o apagasse, nem banho, nem sopro de amor, suor, esperma. Já era parte. Algo que os marcava e sem o que não pareceriam autênticos, pessoas.

— Cê percebe?

— O quê?

— O cheiro.

O marido puxou o ar:

— Acho que sim.

Virgínia sentia o cheiro da vida, e o marido, o da pobreza. A natureza faz narizes e narizes. Dota alguns de uma faculdade viva e limita outros à dureza banal. Entre seres assim o amor se torna quase um hábito de aproximação de corpos.

A torre da estação da Lapa se erguia contra o céu, riscava nele sua forma rígida. Tentava escapar, furá-lo, cheia de ódio de estar presa há tanto tempo assim pelos cabos que mais pareciam tentáculos. O arquiteto que a projetou não imaginou que um dia até mesmo o concreto sem consciência se revolta contra a imobilidade e a desilusão, e naturalmente se fende. Caso contrário, teria proposto sua construção em material mais flexível, macio e mutável, para que sob o sol adotasse novas formas, se expandisse, se encolhesse, se dobrasse...

Virgínia era mais ou menos como essa torre que o arquiteto não imaginara. À medida que andava, que vivia e bebia o ar, se transformava.

Nos dias seguintes nada de muito especial aconteceu. A vida não ganha de repente ilusões que nunca teve. Seria preciso que Virgínia nascesse de novo para de novo tecer desejos e noções de felicidade. O máximo que pode acontecer à vida, de repente, é arder. Mas aí então já não é a vida, é a morte. O fogo da vida é o chamado da morte.

Virgínia continuou a trabalhar, e o marido, a ler. Ela tomou as três doses da vacina e algum tempo depois já nem lembrava o passeio involuntário pelo vale dos Barris. Muito menos o que vira e sentira ao atravessar suas ruas. A recordação das casas de tijolos nus e roupas estendidas sem nenhum cuidado estético se volatilizou em meio às obrigações e afazeres do cotidiano. E o cheiro que na época ela pensou que fosse característico de toda aquela gente, e sem o qual ninguém ali poderia viver, não passava agora de um cheiro qualquer que polui o ar além dos limites toleráveis. O corte no dedo, por sua vez, não deixara marca alguma. Quando o marido, no auge do desejo, o beijava, não percebia nada, nenhuma protuberância que o fizesse parar a carícia e perguntar qual a origem daquela cicatriz. Não, não havia cicatriz. E talvez seja esse o mal do mundo, o apagamento das cicatrizes. Ou pelo menos seu esfumaçar gradativo, até que se fundam às nuvens e também chovam. Não mais lágrimas, porém. Antes um líquido que rejuvenesce a terra por alguns meses, e também o ânimo dos homens, enquanto dure a sensação de umidade necessária. Logo eles vão achar que o sol é mais importante. Ou que precisam de calor, de aquecimento natural. Com Virgínia não se deu de outra forma. Nos dias de chuva pedia sol, nos de sol, que chovesse um pouco de novo os grossos pingos que em sua infância aparava na língua, até que a mãe a empurrasse pra dentro de casa com aquela violência que nunca chegou a compreender. Sim, fora vacinada, vacinada contra tudo aquilo que é mais langoroso e comove. Talvez tivesse sido melhor morrer de tétano. Viver como vivia não era viver de fato. Tudo nela, sobretudo seus gestos passivos diante da dor e do infortúnio, apontava para um fim árido, um curso doente, um sentido reto demais, uma perda. Nem o suicídio a colocaria em sensata evidência. Sua vida tinha mesmo o gosto medicamentoso de vacina.

••

Então, uma tarde, ela viu o marido com outra mulher. Foi um choque, desses que lançam corpos na água ou fazem as carnes se desprenderem de repente, em blocos de sangue. Não foi o fato de não supor ser ele capaz daquilo que a espantou. Na verdade o que lhe roeu as entranhas no momento em que o avistou foi a certeza de que as possibilidades humanas estão dispostas diante de todas as pessoas como um leque de cartas sobre a mesa. Seguir uma de cada vez é a única restrição. Cada destino é a abolição de outros. Sair de um é forçosamente entrar num segundo, num terceiro, num quarto, assim por diante. Há meses seu marido vinha freqüentando um quarto que não era o seu. Um destino que, longe dela, Virgínia, conferia a ele um novo significado. Era como se no corpo da amante ele trocasse de corpo, de mente, de vida. O desejo de muitas vidas, que no fundo todos os homens têm e alimentam em teorias místicas, ganhava assim realização e substância. Virgínia enxergou isso, e principalmente o sentiu em seus poros tomados de poeira, abertos de sol.

De noite, a súbita consciência de revolta da torre da Lapa a incentivou a falar com o marido, a pedir satisfações, lhe dizer duas ou três palavras de rancor, de fúria. Entrou no banheiro quando ele estava tomando banho, pois sabia que isso o irritava, e foi logo dizendo que sabia de tudo, que o vira naquela tarde com a mulher. Em silêncio, sem demonstrar nenhum abalo, ele acabou o banho, enxugou o corpo e se vestiu. Seu semblante tinha um aspecto neutro, estratégico, quase jornalístico. Pouco mais tarde, eles sentaram no sofá da sala, lado a lado. O vulcão exausto dos anos despejava sobre eles uma lava já fria.

— Ela não é minha amante. Você é minha amante...

Virgínia o olhou com fúria, num impulso deflagrado pelo cinismo daquelas palavras. Depois desviou os olhos e fixou-os no chão, visivelmente magoada. Ela já sabia de sua retórica, sabia que durante o tempo entre o momento em que ela lhe revelara que sabia de tudo e aquele ali, os dois juntos no sofá, ele tramara algo, desenvolvera sua defesa.

— Quer saber por quê?

— Acho que não — ela disse baixinho, apenas o suficiente para que ele sentisse o peso de sua dor.

— Porque você... — ele começou a dizer, ignorando-a.

Mas Virgínia se levantou, foi pro quarto e começou a encher a grande mala que transportara algumas vezes as roupas de ambos em viagens de sonhos. Da porta do quarto ele a observava impassível. Nada faria para impedi-la de levar a cabo o que sua emoção mandava. Os anos que viveram juntos lhe ensinaram que, se ela tinha alguma virtude, era a de levar até o fim todas as suas decisões, tanto as pensadas quanto as súbitas. Ele apanhou um livro na estante e foi ler na sala.

Virgínia saiu por uma, duas, três portas. A última, a do elevador, era a mais ruidosa. Foi a única que ao se abrir produziu algum efeito em seu coração e no dele. E fez que ela despertasse para uma luta maior, a luta contra uma doença sem nome... Não reconheceu no ar frio da noite o mesmo cheiro de antes, mais cedo, quando voltou triste com a traição do marido. O cheiro era outro, estonteante, agudo.

No fim da rua ela vislumbrou a saída: outra rua, mais outra, maior, e outra, ainda maior e mais larga. Tantas dentro de muitas que, mesmo se andasse um ano todo, nem assim as venceria. Virgínia parou, voltou o rosto e fitou na noite suspensa o prédio de onde saíra. Na janela de seu apartamento a luz continuava acesa, e uma sombra firmada no parapeito não acenava nem se movia. Virgínia deu as costas à sombra e voltou a andar. Ainda que não quisesse ir, não poderia voltar, tocar de novo aquele corpo que tocara outro corpo, que trocara o seu por outro. Não. Foi dobrando sempre à esquerda todas as ruas que via. Logo percebeu que andava em círculos, que andava, andava, e não se afastava. Passou então a alternar as direções. E a ler as placas, repetir baixinho os números das casas. Se o diário não estivesse tão no fundo da mala, iria também anotando...

Muito tempo depois, num trecho em que a cidade tomava a forma de um labirinto incomum, com sucessivas entradas que na verdade eram saídas para becos sempre estreitos, que bruscamente se triplicavam em passagens secretas, obscuras, Virgínia parou sob a luz de um poste e, aos poucos, foi se habituando ao ambiente. Quando se viu íntima do silêncio e totalmente sozinha debaixo daquela noite atulhada de luzes e vestígios da passagem humana, Virgínia fechou os olhos e chorou. Acima de sua cabeça, os mosquitos se deliciavam ao redor da luz.

Nisso, à sua esquerda, dois vultos maciços e corpulentos surgiram e vieram se aproximando. Virgínia continuou parada, sentada no meio-fio. Talvez não os visse, mas talvez os visse e por isso mesmo continuasse imóvel. Nunca saberemos ao certo o que é que arde dentro de cada homem, de cada mulher. O que é isso que os impulsiona e, às vezes, sem mais nem menos, os imobiliza debaixo de um poste de luz, numa noite nada especial e até mesmo monótona...

VARRER RUA

Disseram que a prefeitura estava recrutando homens e mulheres para limpar as ruas, deixá-las nuas de toda tralha, toda alma. Não tive escolha. Estava há quatro meses no seguro-desemprego, e a dez dias de receber a última parcela. Logo estaria queimando o resíduo da rescisão, e depois ficaria liso. Então fui lá, no Campo Grande, conferir. Merda! Varrer rua, era assim que eu ia acabar, depois de tudo. Que porra! Mas por que não? Eu não era melhor que ninguém que algum dia tinha feito isso ou o fazia agora, por desespero, por falta de opção. Eu era apenas mais um entre muitos. E ser mais um, de qualquer modo, varrendo ou escrevendo, cantando ou carregando peso, é ser ninguém.

Três sujeitos altos e ossudos faziam o recrutamento sentados num banco, por trás de dois grandes caixotes. Usavam camisetas com o logotipo alegre da prefeitura. A multidão, em fila, dava voltas na praça: 90% de negros com o primário incompleto, dos quais 20% eram mulheres. De pé, no fim da fila, esperei e acabei fumando quatro cigarros. Se continuasse assim, nesse ritmo alucinado e ansioso pelo etéreo comércio de fiapos de fumaça, em breve quatro velas iam fumaçar ao meu redor. Bom, pelo menos eu não ia ter mais que acordar de manhã e me levantar à força...

Um caminhão basculante parou e levou os primeiros contratados: vinte e cinco homens e cinco mulheres, talvez mais. No fundo do veículo amontoavam-se vassouras, ancinhos, pás, foices, picaretas e carrinhos de mão. Me vi empurrando um daqueles. A vassoura dentro, cheia de lama, capim, cuspe e papel sujo de merda que o vento leva após arrancar dos sacos de lixo que, enquanto esperam o caminhão da limpeza pública passar, para serem recolhidos, sofrem a ação faminta de animais e mendigos. Ia ser realmente difícil para mim levar adiante aquele trabalho, desde já eu sentia nojo, contorcia o rosto e via, sob a camisa, meu estômago revirar.

A fila empurrava lentamente o dia. O sol forte nos queimava dolorosamente, se ficássemos muito tempo a descoberto. Um vento suave, bom, nos cobria com a poeira suja da cidade e a fumaça negra dos carros. Chegamos perto de um banco. Eu estava de olho nele há bastante tempo, me sentia cansado, esmagado pelo sol, e, de tanto ficar em pé, minhas pernas doíam. Quando a gente se impõe um longo intervalo em alguma atividade até então intensa, o corpo se acostuma à preguiça, ao livre descanso no trânsito das horas, e ao menor esforço reclama, descamba na dor.

Sentei na ponta do banco, e um cara desabou ao meu lado, outro ao lado dele, e assim por diante, como num jogo de dominó sem vencedores. A cara do que estava ao meu lado era larga demais, parecia a frente de um FNM. Quando eu era moleque, no Rio de Janeiro, meu pai tinha um FNM. Bom caminhão aquele, em que meu pai transportava para os quatro cantos do país a carga que houvesse de ser carregada. Variava: de frutas a grãos, de peças de automóveis a cortes de carne seca. Passava meses fora, minha mãe aflita, sem notícias. Uma noite o caminhão despencou da serra de Petrópolis. Meu pai e seu ajudante, namorado de minha irmã mais velha, ficaram feridos gravemente e acabaram morrendo. O velho fez falta, faz ainda, sinto, a toda a família... Todos gostávamos dele. Todos gostávamos também do ajudante, mais minha irmã, que não se recuperou nunca. Na semana seguinte ao enterro, após nos desfazermos da casa própria em Vaz Lobo, voltamos pra Bahia e nos estabelecemos em Salvador. Mamãe morreu dezoito anos depois, em 1988, numa enchente que fez desabar metade das casas de nossa rua. Minha irmã mais nova se casou e vive mal, muito mal, com o marido alcoólatra e quatro filhos pequenos; não tem profissão, é silenciosa e sonha em excesso, a qualquer hora do dia e da noite: não é difícil que um de seus filhos lhe diga de vez em quando, à hora de sair para a escola, enquanto ela o ajeita com mãos automáticas: "Mãe, mãe, o que a senhora tem? Parece distante...". Já minha irmã mais velha, que é professora, vive sozinha, à parte de todos, amigos e família; sem amor fixo, busca em desencontros com caras de ocasião, ao lado dos quais insiste em se despir à primeira oportunidade, o amor morto, o alento e o afago perdidos, aquele outro corpo que memorizou sem chegar a tocar. Mas o pior estava reservado a mim, que queimaria quase vinte anos de minha vida numa empresa do Pólo Petroquímico. Saí num corte com mais novecentos tolos que acreditaram numa greve armada. Agora, passo as manhãs dormindo, as tardes lendo ou vendo tevê e as noites lamentando tudo o que não fiz, desisti de fazer ou fiz mal, por simples ímpeto. Apesar de tudo não me considero um fracasso. Fracassar é desistir. Há cães piores do que eu... Cães que, de medo, mal mexem as orelhas, não exercitam o focinho e até esqueceram que têm rabo...

— Quanto tempo? — o FNM perguntou.

— Quatro meses — respondi enfadado, sem nenhum interesse em prolongar a conversa.

— Eu, um ano e meio — disse, com certo orgulho por ter sobrevivido.

— Você é um herói. Como conseguiu se agüentar?

— Agüentando. Vendia algo aqui, outra coisa ali e às vezes... roubava.

Acendi outro cigarro, o quinto. Estendi um para ele. Ele aceitou, mas, ao acender e puxar a primeira tragada, tossiu, e compreendi que não tinha hábito de fumar. Fumava às vezes, quando lhe ofereciam algum, ou talvez quando se sentisse deprimido, desesperado, só.

— Você tem coragem. Eu não teria — falei.

Ele virou seu carão para o meu lado e disse que no início temera muito ser apanhado roubando. Não fazia direito, ficava nervoso, e foi sorte não ter sido detido nas grandes lojas que freqüentava nos *shopping centers*. Seu alvo principal eram os CDs e as fitas cassete e de vídeo, virgens. Vendia tudo depois no mercado alternativo de discos, aos roqueiros truculentos, aos que não param de ouvir música nem que a guerra arrebente. Nunca roubava alimento. Tinha vergonha. Parecer esfomeado, mendigo que não tem onde cair morto.

— Pelo menos, roubando alimento, você teria o que alegar, se fosse preso — argumentei.

— É, eu sei. Mas a vergonha seria demais. Aquela gente toda te olhando, te achando o sujeito mais desgraçado do mundo. Te olhando ao mesmo tempo com pena e nojo... Não, isso seria demais pra mim. Se acontecesse de ser preso roubando comida, acho que me mataria.

A fila andou um pouco, e ficamos sem o banco. Minhas pernas voltaram a doer, estavam cada dia piores. Às vezes, em casa, de volta da rua, onde tinha ficado muito tempo em pé por algum motivo, eu olhava para elas em busca de varizes. Não via nada. Mesmo assim não me conformava. Pegava a lupa e na cama procurava varizes minúsculas, quase invisíveis. Via veias, veias cheias de sangue. Finas, grossas, sinuosas, responsáveis indiretas por minha vida. Mas nada de errado, nada. Meu olho de leigo nada via.

Uns sessenta caras ainda estavam na nossa frente. O FNM já estava ficando ansioso, com medo de que não sobrassem vagas. Bem, ele pelo menos, mal ou bem, se bem que no risco, estava ganhando a vida. Diferente de mim, que desde que fora demitido mal procurava trabalho. Passava os dias à toa, em casa, em frente à tevê ou com um jornal velho nas mãos, as meias vazias na gaveta.

Nossa vez não vinha, não chegava nunca. Um inferno. Outro caminhão parou e levou mais uns vinte caras, algumas poucas mulheres. Foram rindo, cantando, satisfeitos. Alguns talvez não trabalhassem há anos. Nessa leva a maioria extrapolava a idade dos quarenta. Portanto, tinham o que comemorar, o que cantar, bons motivos pra sorrir. Em casa, de noite, encarariam melhor os filhos e abandonariam de uma vez por todas a idéia de matar a esposa, o marido, que desconfiavam os estivesse traindo, trazendo escasso dinheiro todo dia de algum lugar que não esclareciam. Com trabalho e mais dinheiro no bolso, os chifres não pesam. Pelo contrário, são motivo de riso entre amigos.

— Uns trinta ainda, na nossa frente — disse o FNM.

Olhei adiante, sem contar, e concordei.

— Uma coisa é certa, a cidade tá imunda. Vão precisar de muita gente, muita gente mesmo, mais do que tem aqui.

Eu e minha mania de analisar tudo. Uma merda. Faz as coisas parecerem melhores, forja esperança, o que acaba por corromper os homens, por sentenciá-los à ilusão. Gostaria de me isentar, ser rocha, mato. Nada pensar, nada imaginar, nada dizer.

— Você acredita mesmo?

— Sim, claro. Cê já viu como a cidade está por aí? — assegurei.

Não, ele não tinha visto. Pouco olhava a cidade. Passava reto por ela, como a maioria das pessoas. Por isso é que quando enriquecem viram turistas. Vão olhar no exterior ou em outras cidades do próprio país o que nunca viram em sua própria cidade por causa da sofreguidão que os consome, no correr dos dias, na sucessão de eventos muitas vezes vazios, só aparência. A ânsia cega de ingerir tudo na menor parcela de tempo, e viver o impossível, e sair ileso e rico de experiências devastadoras.

Novo caminhão, nova leva. Trinta sujeitos com cara de bobos, de garotos que foram dispensados das aulas. Nenhuma mulher. Eu era agora o quinto da fila, e o FNM, o sexto. Atrás de nós havia ainda uns cem indivíduos. No rosto dos últimos, lá atrás, no rabo da fila, não era difícil perceber a inveja com que nos olhavam. Também tinham medo, o mesmo medo do FNM. Medo de cair no abismo.

No primeiro caixote, um dos magrelos me perguntou meu nome, meu endereço, o número de minha identidade, do CPF, do título de eleitor, do certificado de reservista. Fui falando, os documentos nas mãos, e ele anotando tudo numa ficha. Passei ao segundo caixote, e o magrelo seguinte me pediu a carteira profissional. Dei, e ele começou a folheá-la. Enquanto isso o terceiro quis saber se eu tinha problema de coluna. Falei que não, não que soubesse...

— Cê sente dor nas costas, à noite, quando dorme?

— Não.

— E quando se abaixa ou lava pratos ou varre ou fica de cócoras?

Pensei em lhe dizer que eu ficava o tempo todo deitado, que nunca lavava pratos, pois pouco comia e quando comia usava pratos de papel, descartáveis, e que há mais ou menos dois anos meu apartamento não via uma vassoura. Mas desisti. Ele não entenderia. Acharia estranho, louco, e eu não seria escolhido. Assim, depois de um tempo em silêncio, pensando o que dizer, mas parecendo que eu tentava me lembrar de alguma situação em que sentira dor na coluna, respondi:

— Não, não sinto nenhuma dor nas costas.

— Certo. Tudo bem então. E aí, tudo ok? — ele perguntou ao cara da carteira.

— Tudo. Ele trabalhou muitos anos numa empresa do Pólo...

O primeiro magrelo assoviou do seu caixote, largando o FNM lá na sua frente, curvado, com seu carão antiquado. Depois me disse:

— Corte?

— Isso aí, corte — concordei, o cigarro pendente nos lábios, instigante, fútil.

— Você tem curso superior? — perguntou o magrelo das dores nas costas.

— Tenho.

— E por que não seguir a profissão? — quis saber o outro, o que mantinha minha carteira aberta.

— Que profissão? Não lembro de mais nada.

Os três ficaram em silêncio um instante, de olho em mim. Fui coberto pelo brilho castanho dos seus olhos. Que viam em mim, ou o que não viam e gostariam de ver? Talvez se vissem ou desejassem se ver. Talvez odiassem a vida que levavam e por um momento tivessem me invejado. Não. É pretensão demais. Ninguém inveja um cara duro, sem trabalho, embora formado e vivo, que pensa todo o tempo, em tudo, até no sofrimento dos insetos. Um cara assim está mais perto de despertar riso que fascínio. Um cara assim está num buraco que, aos poucos, frias porções de terra vão enchendo.

— Certo. Você vai trabalhar duas semanas. Se o relatório do feitor for favorável, será contratado. Agora, espere o caminhão — disse e me devolveu a carteira.

Me afastei e parei debaixo de uma árvore. O FNM tinha passado para o segundo caixote. Acendi outro cigarro. Fiquei fumando e olhando as pessoas que passavam na rua, a dez metros de onde eu estava. Algumas mulheres bonitas. Algumas bem jovens. Sonhadoras e deslumbradas universitárias que iam às aulas com a indisposição de jovens mães irresponsáveis, e iam empetecadas, com a única intenção de roubar olhares, jamais saciá-los. As faculdades de dança, educação, administração, medicina, comunicação ficavam todas no Canela, perto. Olhei na direção que elas tomavam. Mais mulheres iam, com suas bundas magras ou volumosas. A maioria de calça, poucas de saia, de vestido, de bermuda. Em determinadas épocas, todas se vestem igual, com o mesmo tecido e da mesma forma, a mesma cara.

O FNM estacionou perto de mim, em silêncio. Ria mudo, a fileira de dentes grandes, escuros. Ao rir assim aberto, com vontade, a satisfação impressa na fisionomia grandalhona, sua cara parecia ficar ainda mais larga. Um pouco tosca também, ressequida, cheia de frisos, de sulcos empoeirados.

— Nem acredito — disse.

— No quê?

— Que vou trabalhar!

Quanto mais exibia sua felicidade mais seu rosto se alargava, se enchia do vento da feiúra. Até nisso não tinha sorte. Quanto mais feliz, mais feio, mais distante das pessoas, que o achariam horroroso, um animal, coisa inominável, dura de olhar.

— Não conte com isso assim tão fácil. Por enquanto vamos trabalhar só duas semanas — falei, mais a fim de esvaziar seu rosto imenso, que me incomodava, apará-lo dos excessos de carne, que de expor meu pessimismo pobre, sempre comigo, dia e noite, a todo lugar que eu fosse...

— Eu sei. Mas já é alguma coisa. Pra ser contratado, a gente só precisa trabalhar bem, fazer tudo certo.

— Talvez. Mas nunca confio em ninguém.

No fundo eu não queria trabalhar. Queria morrer. E aquele FNM também. Só que não tínhamos coragem de aceitar isso, nem de, aceitando-o, cometer o ato final. No futuro será preciso que se inventem máquinas que proporcionem o suicídio sem dor, alentador, de gozo, de alívio. Pois já não há indivíduos destemidos, românticos, a ponto de encostar o cano na têmpora e apertar o gatilho. Morreram todos, na fome de paraísos.

••

O caminhão que nos levaria chegou. Era o mais velho de todos e, como os outros, estava abarrotado de ferramentas. Subimos. Eu, o FNM, mais umas trinta pessoas. Contei bem vinte e poucos negros. No grupo de brancos, eu, o FNM, mais uns cinco caras e duas mulheres. Ficamos num canto, meio afastados, não porque quiséssemos, mas sim segregados por eles mesmos, os negros.

Rodamos até a Federação. Era bom, dali, de cima do caminhão, olhar as pessoas nas calçadas, nas casas, nas lojas que passavam velozes. Os negros começaram a cantar. Perto do Campus, mais estudantes. Outras garotas lindas, que eu, por mais que tentasse, não conseguiria conquistar, levar pra cama. Há dois momentos distintos e ao mesmo tempo iguais na vida de um cara. A adolescência e, depois de um certo tempo, de um punhado de anos gastos em relacionamentos e farras, a curva da idade. Numa, a gente tem medo das mulheres. Noutra, o medo se torna certeza de fracasso. Daí nos refugiamos no ato de olhar. Olhar nos basta. Olhar e imaginar, como antes, adolescentes trêmulos.

A meio caminho da longa estrada que leva à Faculdade de Filosofia, paramos num cruzamento largo, com árvores de um lado e outro. Percebi logo que ali seria o nosso quartel-general. Onde comeríamos todos os dias nosso lanche pobre na hora do almoço, e onde o feitor descansaria o esqueleto das idas freqüentes aos locais em que estaríamos nos exaurindo. Rapidamente descarregamos o caminhão. O motorista nos dispôs em fila e foi fazendo a chamada pelo nosso primeiro nome, secamente. Me senti de novo na escola, pequeno, medroso, indeciso de tudo e todos. A vida recomeçava para mim.

O feitor era um sujeito calvo, de olhar penetrante e uma pele entre o marrom-claro e o cinza-impassível. Silencioso a maior parte do tempo, mesmo quando nos aferia, quando observava nossos gestos, nossa maneira de segurar as ferramentas e trabalhar, nos infundiu temor desde o princípio. Usava roupas largas e claras, geralmente calça e camiseta, às vezes um macacão branco, que ao fim do dia estaria amarelo de poeira. Disse que nossa tarefa era difícil, deixar a cidade limpa, totalmente limpa em duas semanas. E que ao fim daquele prazo duzentos dos quatrocentos homens aproveitados seriam contratados. Com carteira assinada, plano médico, vale-refeição e todos os benefícios adquiridos pela classe. Lamentava, mas só ele, ali, de nossa turma, ia ter que dispensar 13 caras, e de mais três outras, que estavam nas redondezas e pelas quais ele também era responsável, mais 33 sujeitos. O que ele podia nos pedir era que déssemos tudo de nós. Como se aquilo fosse nossa vida, nossa única chance na vida, como se mais nenhuma outra nos restasse depois daquela. Tive boa impressão do cara. Sonhei com ele algumas vezes. Sempre sonho com quem admiro. Havia homens justos ainda entre os vadios que lideravam.

— Quem é Rodrigo Paulo? — perguntou.

Levantei o braço rápido e com firmeza, mas não sem um certo temor. Nos últimos tempos até respirar me fazia suar, me fazia tremer.

— Você tem curso superior, não?

Balancei a cabeça.

— Então vai ser chefe de turma.

Levantei o braço de novo.

— Sim? — ele disse.

— Não quero. Prefiro assim.

— Não quer?

— Não.

— E por quê?

— Simplesmente não quero. Escolha outro.

O FNM ao meu lado se alvoroçou todo. Esperava ser escolhido? Sim, talvez, era um tolo, depositava esperança em tudo. Mas jamais seria. Por muitos motivos, desde sua baixa escolaridade até sua cara larga demais, pouco agressiva, de bobo. Sim, jamais seria escolhido. Tirasse o cavalo, pusesse a rédea.

Dito e certo. Foram escolhidos três negros. Cada um com a missão de comandar uma turma de onze caras. As turmas foram estabelecidas a esmo, sem critérios, "Você pra ali, você pra aqui", e sendo assim coube ao acaso, com sua disposição pelo exótico, pelo inexpugnável, enfiar os poucos brancos no meio de todos aqueles negros. O FNM, por coincidência, ficou na mesma turma que eu. Não gostei. Ele ia continuar a me encher o saco, a fazer perguntas, a comentar que se sentia muito bem trabalhando. Que sentia estar de volta à vida, feliz da vida.

Um sujeito negro como betume, brilhante, suado, alto e musculoso, chegou perto de mim e disse que tinha gostado de minha atitude. Depois me estendeu a mão e se apresentou.

— Ademir.

— Bem, meu nome cê já sabe — falei, apertando sua mão calosa, enorme.

— Vamos ficar juntos, então a gente pode se ajudar — propôs.

— Claro — concordei, sem muito entusiasmo.

O FNM saiu do meio dos outros caras de nossa turma, todos negros, e se juntou a nós. Pelo menos eu não era o único branco por ali. O feitor e os três chefes tinham se reunido à parte, debaixo de uma grande árvore. Traçavam estratégias, estabeleciam metas, definiam horários. Enquanto isso, esperávamos, eu, FNM, Ademir, todos. Perto do meio-dia, nos convocaram de novo e pediram que nos aproximássemos. Fizemos um semicírculo debaixo da árvore. Boa sombra, fresca, fria, cheguei a dormir ali cinco ou dez minutos, talvez mais, num dia que voltei tão cansado do rango que meus braços mal se levantavam.

O feitor disse que começaríamos às duas horas, na volta do almoço. Também que cada turma ficaria encarregada de uma zona, e que cada zona deveria ser entregue limpa e capinada até o fim da tarde do terceiro dia. Depois disso, conforme orientação do comando central, seríamos deslocados para um outro bairro. E assim por diante, até o fim do prazo de duas semanas, quando novas orientações chegariam, da parte do novo secretário de limpeza urbana. Agora fôssemos almoçar. Mas não longe, para não nos atrasarmos. Deveríamos estar de volta, ali, sob a árvore, no máximo às duas horas, quando então começaríamos...

— Boa sorte pra todos vocês! — ele disse por fim e nos dispensou.

Automaticamente enfiei a mão no bolso e puxei alguns trocados. Davam para um sanduíche e um suco, se muito. FNM e Ademir me esperavam, um pouco afastados, pois começaram a andar tão logo fomos dispensados. Alcancei os dois. Ademir disse que quase não tinha dinheiro e que por isso não ia almoçar. FNM disse algo parecido, também estava na lona, seco. Enquanto andávamos em direção às lanchonetes perto do cemitério, propus que juntássemos todo dinheiro que tínhamos e tentássemos comer alguma coisa. Ademir concordou de cara e enfiou a mão no bolso. FNM hesitou um instante, mas também acabou enfiando a mão no bolso, decidido a colaborar.

Do outro lado da rua, no ponto, várias universitárias esperavam o ônibus. Por pouco não parei para olhá-las melhor. Os rostos estavam afogueados de sol, vermelhos, suados, excitantes. Muitas tinham subido a longa escada da Politécnica, que ligava o Campus de Ondina ao alto da Federação, onde estávamos, e por isso, agora, respiravam com força sob os seios bem protegidos por até duas camadas de pano e uma outra de livros. No meu tempo, naquela escada, uma garota fora estuprada. Naquela época eu era outro e, claro, achei o fato ignóbil, sobretudo porque minha família, eterna moradora de subúrbio, já tinha sido duplamente vítima de uma situação idêntica: quando eu era criança, duas primas mais velhas que eu, na volta da escola, à noite, foram assediadas e molestadas por quatro caras, que infelizmente passaram dos limites e abandonaram a mais nova quase nua e com o pescoço quebrado. Mas agora, diante daquelas garotas atraentes e desejáveis, inacessíveis a mim e àqueles caras que me acompanhavam, tive outra impressão. Cheguei a fantasiar que perseguia uma delas, na tal escada, num fim de tarde, e que ela fugia aterrorizada, e que tropeçava e caía entre o mato e os degraus, no barro seco, e que eu prontamente a cobria com ferocidade e desejo. Bati a cabeça e atirei na sarjeta aqueles pensamentos vis. Como eu podia pensar aquilo? Eu, que, quando criança, perdera uma prima e tivera outra humilhada pelas mãos de caras que não se controlavam, que substituíam as palavras doces e maliciosas pelo avançar deliberado das mãos... Minha fome era grande, e eu tinha que fazer alguma coisa para saciá-la, antes que cometesse alguma loucura, antes que acabasse preso, no fim que não era o fim, apenas o começo de outras desgraças.

• •

Nosso almoço foi breve e fraco. Pão, biscoitos, uma garrafa de vinho tinto da pior espécie, frutas, um pedaço de carne. Tudo em gotas, como nosso pobre dinheiro. Tudo dividido, medido a três em igual parte, debaixo da árvore, os três agachados em pose de pobre que encolhe sob o efeito de um peso grande. Quando terminamos, desabamos sonolentos, por ali mesmo, quase na rua. Novos universitários passavam, novas garotas, rumo às aulas do turno da tarde. Eu as via com os mesmos olhos, de desejo e descontrole. Cada passo delas, cada tremeluzir de suas nádegas, funcionavam em mim como uma martelada que me acordava, me humilhava e me feria o orgulho ávido. Toda posse de outro corpo é metade desejo, metade dor, e eu doía todo.

Veio a ponta da tarde. O feitor voltou, acompanhado dos três chefes de turma. Tinham ido almoçar juntos. Nada mais natural. Ficaram longe de nós, entre as ferramentas, perto do caminhão. Dentro dele, com o rádio ligado, o motorista não fora almoçar, ficara vigiando as ferramentas, os carrinhos de mão. De onde eu estava, avistei em sua cintura a protuberância incisiva do cabo do revólver. Não era só motorista, era mais, segurança, talvez um cara que matasse sem piedade, em troca de um punhado de cédulas. Mal os quatro chegaram, ele partiu, foi almoçar. A meus pés, distante um metro, Ademir roncava, de barriga para cima, as mãos cruzadas sob a nuca. Ao meu lado, de carão aberto, FNM observava tudo, o mato, a rua, o lixo que havia nela, acumulado em montículos que os próprios moradores faziam ao pé dos postes ou simplesmente espalhado, branco, como buracos de luz num céu turvo. FNM olhava cada coisa com a curiosidade de um bicho que tivesse acabado de nascer, os olhos vivos, lépidos, quentes, enormes.

Acendi um cigarro. O penúltimo. Por isso não lhe ofereci. Além disso, não queria que ele tossisse, que ferisse aquele silêncio que custava a passar e me dava um certo ânimo que nunca tive, não deliberadamente.

Pouco a pouco os outros caras foram chegando, se juntando a nós em torno da grande árvore. Alguns eram tão feios que acho ainda tinham fome. Alguns eram só magros de fome constante, alguns eram só negros sem chance, alguns eram só pedaços de ontem, alguns eram só esses pontos sujos no pano branco que nenhum removedor consome... Éramos todos um pouco isso tudo e, para piorar as coisas, não tínhamos escrúpulos. Na primeira chance, se preciso, nos trairíamos. Na primeira chance amassaríamos o crânio de um, no meio-fio, por um punhado de arroz.

Ficamos ali reunidos, quietos e em silêncio, só o tempo do motorista voltar do rango. A primeira turma partiu imediatamente, logo após as orientações do feitor, à boca pequena com o chefe, à boca grande com todos. Eles iam cuidar de toda a extensão da avenida Garibaldi, abaixo e à direita de onde estávamos, indo na direção contrária ao mar. Nossa turma foi a segunda. Ficamos com a região em redor da universidade, a parte de cima, do Campo Santo ao Alto da Federação. Nenhum mato deveria ficar ali visível, nenhum papel, nenhum vestígio de lixo. Em três dias tudo limpo ou a decapitação...

— Acho que deveríamos começar pelo cemitério — ironizou Ademir, baixo, ao meu lado, enquanto o feitor falava.

— Uma boa — concordei.

Já com a vassoura na mão, FNM não continha a ansiedade de ser mandado logo à ação que o faria se redimir de todos os roubos que executara. Dava pena. Ele seria o primeiro a chegar e o último a sair, sempre. E ainda assim não se contentaria. Eu não ficaria nem um pouco surpreso se um dia, ao passar à noite por uma rua que de tarde havíamos limpado, me deparasse com ele recolhendo um a um, antes de tocarem no chão, os papéis de bala e cigarros que cada pedestre noturno deixasse para trás, porque não vira uma única cesta de lixo nas imediações. Ele era bem isso, uma cesta de lixo humana, eficiente e rápida, munida de apanhador e vassoura, e que seguia as pessoas na rua e recolhia delas o refugo que deixassem.

Não começamos de dentro do cemitério, mas de fora dele, bem em frente. Pela cara que as pessoas faziam, percebi que parecíamos meio estrangeiros, ou meio loucos, meio qualquer coisa absurda, fora de hora e de esquadro. De repente compreendi o motivo da estranheza. Ninguém começa um trabalho como aquele de tarde. É coisa de começar de manhã, cedo, com o frescor da madrugada que o sol ainda não baniu de todo. Não ali, no auge do suor. Revelei a Ademir o que me passou pela cabeça. Ele concordou que era meio babaca mesmo começar naquele dia, quase no meio da tarde; o certo seria no dia seguinte, de manhã bem cedo. Só o FNM, que queria antes serviço que parecer lúcido a quem quer que fosse, se entregava de corpo e alma à vassoura e já ia longe. Com ele na nossa frente, rápido, adaptado, convencido, parecíamos marinheiros em verde viagem. Na verdade, éramos isso mesmo, e ele também o era, com a diferença de que se agarrava àquele trabalho como um doente terminal se aferra à vida, morre não morre, a ponto de os parentes cansarem da vigília e sumirem por uns tempos, só voltando no minuto derradeiro.

Quando chegamos nas imediações da Politécnica, FNM já estava na entrada da Faculdade de Filosofia. Seu ritmo era tão forte, tão veloz, que a distância, mesmo antes de chegar àquele ponto, já não o enxergávamos direito: ele ia e voltava, sumia e reaparecia, por trás dos muros e das árvores. Parecia um robô bate-e-volta que fosse de calçada em calçada e tudo varresse e nada deixasse em pé que não fosse muro ou árvore. Então parei, Ademir parou também, e decidimos fumar juntos o último cigarro que eu trazia no bolso. Acendi, dei uma longa tragada e passei para ele. Como FNM, ele também não tinha hábito de fumar. Mas fumou, com dignidade, sem tossir.

— Fumo só às vezes — disse —, quando me sinto triste...

Fumar, para ele, era uma maneira silenciosa de aplacar a solidão, a dor. Concordei de cara. Em casa, só, vendo tevê, ou lendo, ou simplesmente pensando, eu sempre acendia um cigarro, que em geral levava até o fim e depois cobria com outro, que esmagava no cinzeiro ainda pela metade.

Sentamos um pouco, no meio-fio. Ele me passou de novo o cigarro e voltei a dar um tragada funda, de dilatar o pulmão e a massa do pescoço. As veias que me levam sangue à cabeça cresceram, engrossaram. Senti isso com um certo medo de morrer, de ficar paralítico numa cama, cercado de senhoras de caridade que lamentariam minha situação e comentariam entre si o fato de eu ser sozinho no mundo, não ter ninguém que me assistisse, além de minhas duas irmãs quase loucas. Por um instante provei o sabor indigno da morte. Não era amargo, como muitos dizem, nem doce, nem frio, nem fétido, tampouco apertava. Era só um grave incômodo, algo assim como se me cortassem as pernas por um meio que não derramasse sangue, nem causasse dor, e me ordenassem depois: "Caminha agora, vai...".

Ademir esmagou a guimba na bota. Já eram mais de quatro

horas, e uma multidão de estudantes passou por nós, mais uma vez. Vinham de carro até ali, largavam o veículo no estacionamento, entravam na Politécnica ou seguiam a pé até São Lázaro. Não sei por que faziam isso. Na certa, o estacionamento àquela hora já estava lotado, e sem querer voltar depois, porque não encontraram vaga, eles deixavam o carro logo ali e seguiam a pé pelo longo caminho, agora limpo, mais limpo que nunca, pelo afinco do idiota do FNM.

Garotas, muitas garotas passavam, assediadas por jovens burgueses de sandália, bermuda *jeans* e camiseta de divulgação dos blocos de carnaval. Eles iam à faculdade só com um caderno e uma caneta. As chaves do carro do pai pendiam ruidosas do bolso da bermuda, e um sorriso cínico, de quem entende do assunto mais que o professor e já tem o que fazer no fim de semana, reverberava naquelas caras já escapadas e coloridas por natureza. Praia talvez, em companhia de alguma daquelas garotas. Talvez uma viagem a uma cidade do interior, atrás de matutas vidradas em ver o próprio rosto refletido num pára-choque novo, no vidro fosco de um farol. Seguramente uma festa em que rolasse cerveja de graça e da qual, no meio da noite, já se saísse armado para um motel...

— E essa aí, que cê acha? — Ademir perguntou, arrancando as botas.

— Ótima!

— E essa? — ele massageava os pés.

— Demais!

— E aquela que vem ali?

— Sonho, puro sonho...

As garotas, todas iguais, todas belas, e limpas, e claras, em roupas finas que a aproximação do verão pedia, faziam questão de passar sem nos oferecer sequer um breve olhar de desprezo, de ironia. Por que deveriam nos ver, dois caras que varriam ruas e que naquele momento descansavam exaustos de existência? Uma delas nos chamou bem a atenção. Pois era daquele tipo de mulher que parece acolchoada para o deleite dos ossos alheios, cansados, doentes, sedentos de repouso. Os braços roliços, as pernas grossas, o busto alto e aéreo, com um pouco de espuma invisível sob a blusa, de modo que sem tocá-la não saberíamos dizer sua medida, sua densidade, seu volume, a garota era morena-avermelhada, sem manchas na pele, sem qualquer marca, nem mesmo de nascença. A superfície de seu corpo era inteiramente lisa e uniforme, quase reta, o que nos permitiria deslizar sem problemas, subir, descer e de qualquer ponto saltar na estreiteza de um inferno bom, morno. A garota era grande e volumosa, mas não gorda. Digamos que fosse consistente, espessa. Mais ou menos isso, ou então suculenta, não sei, talvez um refúgio amplo, que percorrer nos tomaria muito tempo... Sobre ela largamos os olhos mais tempo que sobre todas as outras. Meu desejo era segui-la, estar a seu lado, perto de seu corpo, salvá-la da sonolência daquela aula de fim de tarde, insossa, grave, tola.

Ademir se levantou e espreguiçou no ar o corpo esguio, de músculos definidos e afiados. Os ossos de suas juntas, dos pés sobretudo, estalaram. Calçou de novo as botas, de pé, com um pé no chão e o outro no ar, feito um saci. Ao terminar, disse:

— De volta ao trabalho, que sem dinheiro no bolso essa garota não vai conosco nem à missa.

Eu ainda tinha o olhar perdido na garota. Distante agora, não parecia assim tão desejável, era apenas uma silhueta de mulher, igual a qualquer silhueta de mulher. Apenas um exemplar contrário, feminino, que se dirigia na tarde a uma pequena parte do seu destino, a uma curva que não me envolvia, não tinha nada de meu, que me era tão estranha, tão indiferente quanto o ressonar de uma formiga à noite, em sua toca, na fresta na parede de uma casa velha, blindada, sem moradores há pelo menos uma década...

Me levantei também. Com fome. Muitas fomes. O trecho que nos encarregaram de varrer e limpar se estendia, reto agora, pela avenida principal até a Faculdade de Arquitetura, lá na frente, a última unidade do Campus. Pararíamos exatamente ali e no dia seguinte prosseguiríamos, rumo ao Alto da Federação, o fim de tudo. Ao avistar a longa faixa que ainda teríamos que varrer e limpar, só de olhá-la um segundo, percebi que seria infeliz. Menos por causa do suor que iríamos desprender que do sol, que nos castigaria com força, pois alto ainda, com o horário de verão, e da ausência das garotas, que não atravessavam nem percorriam a rodovia senão no fim dela, no trecho que compreendia uma distância de cerca de cem metros e que ia do ponto de ônibus do outro lado da rua ao portão de entrada da Faculdade de Arquitetura. E quando ali chegássemos não teria mais graça, já estaríamos mortos.

Mesmo assim peguei a vassoura e saí no encalço de Ademir, que já ia longe, conformado. Não sei por quê, nem como, deu nele de repente a fome do FNM. Saiu trabalhando como um louco, limpando tudo, varrendo com força e ruminando sério pensamentos que acho não diferiam nem um pouco dos meus. Demorei a alcançá-lo. Eu estava desanimado, com vontade de parar imóvel, longe de mim.

— Vou no banheiro — falei pra ele.

— No banheiro? — parecia surpreso.

— É, ali, na Politécnica — apontei com o dedo o enorme prédio à nossa frente.

— Faz aí mesmo, no mato, o que não falta é mato por aqui — ele disse e voltou a varrer, nervoso, rápido, com vontade de acabar logo.

— Não, não — falei e fui me afastando.

Ademir se voltou em minha direção e soltou um assobio sarcástico, como se uma bela garota estivesse passando na rua e ele não pudesse conter o desejo de brincar com ela, e lhe dizer depois do assobio algumas bobagens para as quais nem ela nem ninguém teria a mínima disposição. Atitudes como essa são só uma catapulta mental, de fuga e alívio. Com elas os homens ejaculam, levitam.

— Cê tem medo de cobra, é?! Tem medo que uma cobra pule do mato e morda seu pau? — ele provocou, e escutei sua gargalhada atrás de mim.

E se eu quisesse cagar? Aposto como ele não pensou nisso. Caso contrário teria me dado seu lenço. Seu lenço sujo.

Depois que saí do banheiro, aliviado, leve, andei até o portão, um pouco sem vontade de voltar. Aquilo não era trabalho para mim. Nenhum trabalho era. Eu tinha chegado a um estado tal de apatia e ceticismo frente à vida que não conseguia conceber nenhuma forma de prazer a partir do trabalho, nem extrair do mais simples ato qualquer alívio. Morrer de fome me parecia mais digno. Morrer de tiro. Morrer de tanto acumular dia a dia vazios sobre vazios.

Como eu demorasse, Ademir foi atrás de mim. Me encontrou sentado na ampla escada de entrada, acima do espaço de piso grosseiro onde às vezes, ao passar de ônibus, eu via alguns garotos jogando futebol. Todos que entrassem, homens e mulheres, alunos e professores, teriam que passar por mim, pois a escada, embora larga, afunilava a passagem, convergindo a um portão estreito, de gomos de arame cruzados.

— É assim que você foi no banheiro, hein!?

Não falei nada.

— Pois acho bom você ir lá embaixo. O cara quer falar com a gente. Mandou te chamar.

— Já vou.

Ele esperava, parado. Mas eu não me movia, não tinha vontade. Ademir pareceu compreender meu estado de torpor e sentou também. Ficamos em silêncio. Nem ele tinha mais vontade de brincar, nem eu de explicar o que se passava comigo. Há momentos em que inevitavelmente nos tornamos pedra, ferro, excremento, resíduo de uma matéria qualquer sem utilidade conhecida, e apesar de tudo agradecemos em silêncio que isso nos tenha acontecido. Nosso caso, meu, dele. Melhor isso que falsos sorrisos.

— É — ele falou, vago.

— Uma merda — completei, vago também.

Silêncio de novo, cortado de carros que se cruzavam diante dos nossos olhos, na curva. A tarde caminhava para o fim e nos arrastava. No ponto de ônibus, bem em frente, uma porção de gente seria arrastada, breve, pelo veículo específico do seu destino, e sendo assim seu pensamento já se aferrava à visão de um banho que lhes arrancasse do corpo aquela poeira, aquela camada arenosa, grudenta, nem um pouco agradável. Do mesmo modo, motivadas por uma sensação quase idêntica, de incômodo e receio de perder o brilho íntimo, algumas pessoas se lavam um dia da vida que levam. Entram numa banheira e abrem os pulsos ou se deixam afogar no tédio.

Um carro dobrou a rua lateral, parou, e uma garota desceu. O veículo voltou a se mover e partiu rápido, rumo à Faculdade de Filosofia. A garota veio se aproximando de mim e de Ademir, a cabeça baixa, imersa em seus íntimos pensamentos. Seus cabelos esvoaçavam ao vento frio que começou a soprar. Diante de nós, a poucos metros, parou, sem nos ver. Fez uma meia volta, como se tivesse esquecido algo no carro, abriu e fechou uma expressão insatisfeita, mas afinal retomou seu caminho. Passou por nós, pelo portão estreito, virou à esquerda e foi descendo a escada que ligava o pátio a céu aberto ao caminho sinuoso, de terra e pedra, que desembocava na grande escada daquele estupro antigo.

Me levantei.

— Onde você vai? — Ademir disse, surpreso.

— Espere um instante. Aliás, vá na frente, que eu já vou. É rápido.

Não desci atrás da garota. Não. Dei a volta. Nela e no prédio. Entrei pelo portão maior, que dava passagem aos veículos da universidade, aqueles que anualmente levam e trazem, numa permuta insólita, as tralhas encarquilhadas que enchem os cantos empoeirados de toda instituição pública: máquinas de escrever emperradas, bebedouros sem uso, velhas calculadoras que um dia pararam estafadas de ócio e foram chutadas, substituídas pela ponta do lápis ou pela contagem pobre dos dedos ágeis...

O caminho largo estava tomado de mato, só os sulcos dos pneus dos carros apareciam nus. Rápido, me alternei em um e outro, ziguezagueando de ansiedade, e resolvido a ir sempre em frente, até o fim. Cheguei à grande escada antes da garota e me escondi numa moita alta, cheia. Dali, agachado como um assassino à espera, e cercado pelo cheiro profuso de mato, avistei o mar lá longe. Só uma linha fina, acima dos edifícios, que o céu, menos azul agora, devorava. Tirei o lenço do bolso, embolei, fiz uma mordaça. Depois fiquei esperando a garota. Fiquei esperando. Por um momento cheguei a temer que tivesse voltado, ido atrás do cara, do carro, buscar o que tinha esquecido. No entanto, passos... Ouvi passos, e então me preparei. A vida reunida nas mãos, a grande fome me comendo por dentro. Porque sentem fome, os animais comem. Porque têm fome, os homens...

IMPERATIVO SÁBADO

É freqüente Victor Vhil andar triste pelas ruas. E depois que sua mãe morreu esse estado de melancolia atingiu uma densidade insuportável. Antes, quando era viva, e moravam juntos, ele sabia que ao voltar para casa encontraria uma mão amiga, uma compreensão. Hoje, só lhe resta andar, andar, e depois atracar num bar, para se reabastecer de nada — que o álcool, no fundo, é nada. Um dos seus redutos favoritos é um bar escuro, sujo, úmido, cheirando a mofo, na Ladeira da Palma.

Ele entra.

— E aí, Blanc?

Blanc é um negro que atende no balcão e às vezes nas mesas. Em geral, o bar nunca está de todo cheio, mas essa noite encontra-se completamente vazio, sem ninguém, um cliente sequer. Nem moscas há. Nem baratas. O bar mais parece um sarcófago, uma gruta inexplorada e na qual nenhum pesquisador se arrisca a cair. Blanc preenche palavras cruzadas, alheio a este trágico detalhe. Precisa do trabalho, sabe que em breve, se continuar assim, o bar vai fechar, mas procura não pensar nisso. Se nem o patrão se importa, por que ele haveria de bater cabeça? Além disso, é verão, e no verão o bar só enche mais tarde, com os clientes que voltam da praia e se distendem pela noite, em trajes de banho, a pele grossa de sol, desanimados de ir para casa, contrários a retomar a vida corriqueira, sem sal. De quinta a domingo são eles que enchem o bar, são eles que lhe torram a calma com sua impaciência, sua intolerância, seu sarcasmo, suas brincadeiras tolas.

— Segue! — o rapaz grita, como resposta ao cumprimento de Victor. Sempre responde assim, há dois anos, no mínimo. E a dúvida que fica é: o que segue? A vida? Ele, Blanc?

Quem sabe...?

Blanc põe sobre o balcão uma garrafa de cerveja e um copo. Victor agradece, enche o copo e sorve com avidez o líquido espumante. Mais da metade daquele sol noturno desaparece de um gole. Passados alguns instantes, Victor volta a bebericar a cerveja, em rápidos sorvos, como se já tivesse se saciado, chegado ao orgasmo.

— Pegue um copo para você — diz para Blanc.

O rapaz levanta o olhar das palavras cruzadas, apanha um copo e o coloca ao lado da garrafa. Com naturalidade, espera que Victor o sirva. Ao menos naquele momento os papéis se invertem. É sobre as costas de Victor que pesa o bar. E é ele que teme o vazio ingente.

Victor não o decepciona. Serve-o, enchendo o copo até quase transbordar, a espuma profusa e tensa. Há então todo um teatro de culpa. Victor se lamenta, enquanto Blanc apenas sorri, divertido. É o pouco que faltava se romper para que eles, naquela noite, ficassem mais próximos, mais humanos. Blanc logo esquece as palavras cruzadas, abertas sobre o balcão, e

Victor, de que estava triste, a andar sem rumo pelas ruas. Há agora tão-somente aquela cerveja compartilhada, aquele novo somar de almas.

— Você tá aqui há quanto tempo? — Victor pergunta.

— Dois anos.

— Então você não o alcançou, não o conheceu...

— Não conheci quem?

— O homem gordo da casa aí em frente — e aponta com o queixo, voltando um pouco a cabeça. — Ele ficava o tempo todo na janela, de manhã, de tarde e de noite. Eu passava, e o via. E ficava triste, por ele e por mim — Victor baixa a cabeça e aperta firmemente o copo entre os dedos. Parece buscar longe, no seu íntimo mais recôndito, o resto da história. Quando volta a levantar o rosto, não esconde que acabou de transpor um tortuoso rio e que o fez só, com suas escassas forças.

Blanc olha Victor nos olhos e nota que há algo de diferente neles, nesse instante. Mas não sabe o que é, o vê sem ver, sem compreender. Faltam-lhe palavras, a devida experiência. Com o passar dos anos, por todo o resto de sua vida, vai se lembrar muitas vezes desse momento e, a cada lembrança, acrescentará uma peça nova, até arrancar dele a exata compreensão que agora lhe é negada.

Victor continua:

— Nunca vi a janela vazia, sem o homem gordo. Ele sempre estava lá, fosse cedo ou tarde, ocupando-a por completo. Pesava mais de 150 quilos. A esquadria da janela o emoldurava. Tinha uma família pequena, a irmã, o cunhado, o sobrinho, de quem parecia gostar muito. Às vezes, quando eu passava (e eu passava diariamente, pois este era o caminho mais curto para o meu trabalho), o menino estava na janela com ele, sentado no parapeito. Eu olhava para aquele sujeito e sabia que não era feliz. Não podia ser... Se nem nós que somos normais (ou quase normais) não o somos! Que dirá ele! Por mais de quatro anos, enquanto trabalhei no Santo Antônio, eu o vi, quatro vezes por dia: pela manhã; ao meio-dia, quando vinha para o almoço; perto das catorze horas, ao voltar para o trabalho; e à noite, quando retornava a casa. Como disse antes, nunca via a janela vazia. Então deixei o trabalho, mudei de área e por muito tempo jamais voltei a passar aqui. Até que um dia, precisando ir ao Comércio, tomei o antigo caminho. E quando vou descendo a ladeira, me aproximando da casa, avisto a multidão e o guindaste, manobrando em frente à janela. O homem gordo tinha morrido, e o removiam da casa com um guindaste! Parei e fiquei olhando a manobra, complexa e exaustiva. Quando enfim o corpo foi jogado sobre a caminhonete, a multidão começou a se dispersar. O cunhado assumiu o volante do veículo, chamou a mulher, que sentou ao seu lado, e os parentes, que subiram na carroceria e se acomodaram junto ao morto, e enfim partiu. Mais tarde, ao voltar do Comércio, a janela estava fechada, pela primeira vez.

Sem saber o que dizer, Blanc apenas comenta, com uma voz indiferente, de descaso:

— Não, não o conheci.

— Pois eu jamais o esqueci — Victor acrescenta. E depois de um instante, em que parece refletir com mais agudez e chegar a uma síntese qualquer, inexplicável: — E hoje, quando passo, chego a pensar que a rua não é mais a mesma. Que sem ele está amputada de algum significado sutil, que não compreendo, mas que percebo, sinto.

Victor se cala, e Blanc, respeitoso, o acompanha. Logo a garrafa seca. Blanc puxa outra da geladeira e a lança com habilidade sobre o balcão. Segue-se um absorvente ruído de vidro em contato, quando as duas garrafas se chocam, mas sem dano algum, como, num longo comboio ferroviário em manobra, um vagão se engata a outro vagão.

— Essa é por minha conta — Blanc esclarece.

— Seja! — Victor concorda, imperativo.

E os dois continuam a beber, em silêncio, imóveis. Pouco depois, como se voltasse de um sonho, Victor diz:

— Há outra história.

— Outra história?

— É, aqui, na ladeira da Palma. De uma menina. Quer ouvir? Ou isso te chateia...?

— Não, não — Blanc sorri. — Manda!

Não passa uma alma sequer na rua, embora ainda seja cedo, não mais que oito horas. A verdade é que o bar não vai encher, nem hoje nem amanhã. Por vários meses Victor será seu único cliente, até que o dono feche as portas e dispense o rapaz. Então um novo negócio se estabelecerá no local, até ser fechado também, numa tarde fria, meses depois; e outro, mais outro, numa sucessão indissolúvel e agonizante.

Não mais triste como quando entrou, nem tão desanimado como ao fim da história do homem gordo, Victor começa:

— Bem, vi a menina crescer, se tornar mulher. Botar pernas, seios e começar afinal a se exibir e seduzir os passantes. Antes brincava no corredor da casa — aquela última, à direita, subindo, pintada de verde hoje e que na época era cinzenta —, com suas bonecas, como qualquer outra menina, de sainha, blusa, o cabelo atado por uma fita. Mais tarde, passou a se sentar no degrau da porta, para apreciar o movimento, as pessoas indo e vindo na ladeira, e os garotos brincando, mexendo com ela. Estudava numa escola perto e às vezes, nos intervalos, vinha em casa, para qualquer ato secreto, talvez escuso, ou então inocente, resíduo da infância. Era linda de uniforme, o rosto afogueado, os cabelos soltos, levemente úmidos nas têmporas, a blusa semi-aberta, entremostrando o início do desfiladeiro dos seios ainda tenros. Um dia, passei e a surpreendi conversando com um garoto, um pouco mais velho que ela, que não tinha mais que treze anos. E daí por diante quase todas as tardes podia-se vê-los juntos, conversando aos risos, às vezes sentados lado a lado na escada, tocando-se de leve, ou então ela sentada e ele de pé, encostado à parede.

Nesse momento, vindo não se sabe de que ermo da noite profunda, um sujeito se emoldura no vão da porta. Parece oscilar, quase frustrando o equilíbrio. Pestaneja, os olhos como duas pálidas cerejas boiando num copo de luz. A mão direita se ergue, com um cigarro entre os dedos, enquanto a outra se firma no caixilho da porta, restaurando o equilíbrio exato, que o permite falar, numa voz pastosa:

— Vocês têm fósforo aí?

Victor e Blanc se voltam, a história da garota se interrompe. Não há mais seu corpo frágil, nem seus sorrisos soltos, repentinos, como uma queda em carreira, tampouco seu amor pelo rapaz, perceptível em seus olhos e plenamente visível em seus seios, túmidos e arrebitados, a tremer e moldar a blusa. Há só uma exígua chama, na concha branca das mãos de Blanc, sob o queixo do homem. Aceso o cigarro, o estranho senta em uma das mesas e pede uma cerveja. Victor e Blanc se miram, indecisos, desconfiados.

— Ainda não estou bêbado e ainda tenho dinheiro — o homem esclarece, após um instante, e tilinta sobre a mesa metálica algumas moedas.

Mal termina de servir o homem, Blanc volta ao seu lugar atrás do balcão, beberica seu copo e pede que Victor continue com a história. Está curioso, ávido. A garota o seduziu, o entrecho simples de sua vida o arrebatou. Nem lembra mais as palavras cruzadas, nem tampouco o homem gordo, erguido pelo guindaste para a última viagem, corpo apenas então, e que, ironicamente, nunca viajou.

— Bem, como eu ia dizendo, ela estava apaixonada, mas o rapaz não. Ele era mais experiente e somente a desejava. Ao vê-lo mais tarde, a assediar a garota em companhia de outros garotos, seus amigos, compreendi que ele já a tivera sob seu corpo, sabe-se lá quando e como, e que agora queria partilhá-la com seus pares. E de fato, dias depois, vi-a agarrada a um dos caras, num entardecer morno, no passeio público. E depois com outro, aqui mesmo, em frente à sua casa, de noite. E alguns meses mais tarde, de manhã cedo, surpreendi-a triste na janela. Nesse mesmo dia, ao passar ainda de manhã, de volta, porque estava gripado e não resistira ficar no trabalho, avistei-a saindo da mercearia que tinha aqui ao pé da ladeira... Estava grávida!

Após esta revelação, Victor se cala e baixa a cabeça para o copo ainda cheio e em torno do qual uma poça translúcida se formara. Seu rosto assume um ar nostálgico. Parece preso àquele tempo, confinado à impossibilidade de repará-lo. Por um instante, sente-se curvar, como sob um peso devastador. Não será por efeito do álcool, ele sabe. Mas por outra coisa, maior, menos doce... Era isso que dizia para Blanc naquela noite o estado de Victor, e sua parada ali, as duas histórias que contara, sobretudo aquela última, da menina grávida, inapelavelmente grávida. E que se matou depois, nem bem deu à luz um menino...

— Se matou?! — Blanc o interrompe, surpreso, o rosto crispado pelo sofrimento alheio que ali, por um momento, se alojara entre veias e simuladas rugas.

Victor confirma com a cabeça. Insetos dançam em volta das duas lâmpadas que iluminam o bar.

— E como ela se chamava? — Blanc pergunta, depois de um profundo silêncio do qual até mesmo a noite, ampla lá fora, parecia partilhar.

— Jamais soube — Victor responde, num tom de lamento, como se ainda não houvesse se perdoado por este irreparável erro. — O importante é que jamais a esqueci, seu rosto, seu corpo infantil, seu ar ingênuo, sem malícia, seu caráter naturalmente propenso tanto à nudez quanto às brincadeiras e afinal sua fisionomia sofrida, que acabou por matá-la. E perceba o aspecto elevado dessa história: que garota, hoje, em seu estado, se mataria?

— Mas por que ela se matou? — Blanc diz, ignorando a pergunta de Victor.

Victor se curva ainda mais sobre o balcão, o corpo equilibrado num pé só, pois o outro repousa ao lado do primeiro, sem apoio e verticalmente distendido, como o pé de um bailarino depois de uma fatigante tarde de complexos exercícios.

— Não sei ao certo, mas posso imaginar, supor. E sempre que penso nisso me convenço de que eu seria capaz de me casar com ela só para que não se matasse... Seria capaz de fazê-la feliz, viver unicamente para fazê-la feliz.

Um arrastar de cadeira, um tinir de vidro sobre a mesa. O bêbado atrás deles se ergue de súbito, e a cadeira cai. A noite se altera, premida pelo som, pelo baque, pelo impacto súbito, que a faz mover-se um espaço além, um furo para adiante e aprofundar-se na noite dos tempos.

— Eu sei — o bêbado canta, com veemência, e se cala. O cigarro se esgotou entre seus dedos, e ele olha para Victor e Blanc, que igualmente o olham sem nada compreender, surpresos e, mais que surpresos, perplexos. Há algo de profético e visceralmente assustador naquele silencioso impasse. Uma cilada talvez, da qual ninguém escapará impune, sem danos.

— O que o senhor sabe? — Blanc indaga, mais corajoso que Victor.

Meio que alheio à pergunta, o homem se volta em direção à porta, não se sabe se apenas para contemplar a rua, envolta na escuridão túmida, ou se para sair, entregar-se à noite, àquele outro impasse, ainda mais fatigante e, sem dúvida, muito mais difícil de transpor, tanto que na ladeira mal se vêem vultos a se arrastar, estão todos em seus buracos, pessoais ou públicos, como eles ali, entre palavras quase inúteis e vazios copos.

— Eu era o pai da criança. E a garota... minha filha...

O homem sai.

Por um instante, só o som de asas se dissolvendo na luz.

— Segue!

ÁGUA ESCOANDO

Dovico era velho e vivia só. Mantinha viva uma hérnia à altura da virilha esquerda, o que certamente o obrigava a mancar um pouco, de um jeito quase imperceptível. Era magro, curvado e lançava no ar uma voz abafada e rouca, de personagem de desenho animado, frases mal expressas e que, por isso mesmo, eram antes adivinhadas que compreendidas, mesmo que estivesse calmo, muito calmo, com uma preguiça de se esticar à primeira sombra em torno. Ele era assim: fora aos dezoito anos e o era também aos setenta... Não evoluíra, apenas esticara-se. E agora encolhia.

Estava aposentado havia mais de trinta anos, por uma espécie de invalidez forjada; bem, era o que se dizia, que ele um dia simulara uma convincente loucura e conseguira, afinal, depois de muitos exames e revisões médicas, aposentar-se. Vivia assim, de um exíguo salário e de se encostar nos estabelecimentos comerciais e prédios residenciais da vizinhança. Pedia dinheiro a um e a outro, e em troca tentava executar pequenos serviços, prestar algum favor. Por oito anos viveu dessa maneira, meio agregado às pessoas. Servia aos moradores do edifício Vênus com a boa vontade dos pobres que não querem sucumbir, chegando sempre às 18 horas, quando o porteiro largava, e entregando o posto às 22, com a entrada do vigia da noite. O pagamento vinha por dia, em comida, e também por mês, com uma pequena quantia rachada entre os condôminos. Mas aconteceu que o novo síndico levantou em reunião a hipótese de que Dovico viesse, mais cedo ou mais tarde, alegar na justiça alguma indenização, prováveis direitos trabalhistas, inexistentes salários atrasados, esta tralha toda que está em lei e serve antes de mais nada para indispor as pessoas. Decidiu-se, então, com quase unanimidade, que Dovico não podia mais ficar no prédio, que deveria ir embora o quanto antes, logo, se possível no dia seguinte. E uma comissão foi formada para lhe dar a notícia e exigir que ele desaparecesse. Assim foi feito. No outro dia, quando Dovico chegou, a comissão já o esperava no saguão, espalhada pelas cadeiras, e, depois de tudo explicado, Dovico foi embora, em silêncio. Antes apanhou, no pequeno quarto em que se esticava às vezes, bêbado, algumas peças de roupa que o bom sujeito do 602, e que já nem morava mais ali, havia lhe dado dois anos antes, e que ele jamais se lembrara de levar para casa.

Mas Dovico apenas trocou de número e de rua, foi para um estacionamento perto, onde passou a servir aos usuários motorizados do mesmo jeito que servia aos moradores rabugentos, muitos dos quais eram de um lado e outro as mesmas pessoas. Dovico passava cedo no estacionamento e ficava sabendo se havia alguma coisa, algum servicinho, como ele mesmo chamava: um carro para ser lavado ou a entrega de alguma encomenda.

— Entrega?

— É, tá estranhando o quê? Leve isto ali na rua da Forca, 5, e procure por Pablo, é um boliviano, um cara horroroso, ele vai te dar um troco, tire sua parte, duas notas, e entregue o resto ao Miguel, lá na locadora, na praça.

Ninguém desconfiaria de um velho, ninguém, muito menos de um velho curvado, com hérnia e que levava uma hora para vencer um percurso que qualquer outra pessoa devoraria em apenas cinco minutos. E foi Dovico quem percebeu, em frente ao estacionamento, no antigo e deteriorado sobrado, um sujeito suspeito, negro, que ficava olhando, olhando, tudo, todos, e ao ser percebido se escondia, desabava para o chão, morrendo por trás do parapeito da janela. Dovico o viu por acaso, quando voltou ao Vênus para pedir alguns trocados ao morador do 804, outro bom sujeito, jovem mas compassivo e que nunca lhe negava nada, nem dinheiro nem alimento nem roupas. O cara puxava de uma perna e, receoso de cair, pediu que Dovico o ajudasse a descer alguns livros da estante; e da estante, lá em cima, no último degrau da escada de madeira, Dovico olhou pela janela e viu o estranho, na casa já sem vidraças, só o vão nu talhado nas paredes grossas. Mostrou-o, então, ao sr. Emanuel, que o viu apenas de relance, pois o cara, quando mal percebeu que fora descoberto, desabou, desapareceu.

— Estranho...

— Estranho mesmo — confirmou Dovico.

— Que que ele quer ali, afinal, nessa casa destruída, abandonada, com o telhado nas últimas, por cair, e a fachada em ruínas...?

Ficaram ainda alguns minutos em silêncio, olhando a janela. Depois Dovico voltou a se ocupar dos livros. Quando terminou, foi recompensado com uma boa gorjeta e imediatamente passou no armazém do China, na rua do Cabeça, e comprou alguma coisa para comer naquela noite, com a filha, que viera rapidamente visitá-lo e já havia um mês que estava com ele. Sempre um feijãozinho branco com arroz e uma carninha de sol... Afora isso, era o pão diário com café e biscoitos, às vezes ovo. Frango só no domingo, e assim mesmo quando possível.

Dovico atravessou a noite pensando no caso do negro escondido. E talvez fugido, de algum lugar, de alguém. A filha, embora parecesse contente em morar com ele, parava muito pouco em casa. E ao chegar, invariavelmente muito tarde, com a dobra da noite, beijava-o rápido, mesmo que estivesse dormindo, e ia dormir. Dessa vez Cíntia o encontrou diferente, sentado na diminuta sala atulhada de destroços, o olhar vidrado na parede.

— Pai?

Ele mexeu os olhos e se voltou. A filha vinha cheia de pacotes.

— Trouxe comida — ela disse, num tom que demonstrava a raridade daquelas palavras por ali.

— Também comprei alguma coisa — ele falou. — Seu Emanuel me pediu um servicinho, uns livros pra remover da estante, e me pagou bem, com generosidade. E lá aconteceu uma coisa... — disse depois de uma rápida e pensativa pausa.

A filha quase não prestava atenção ao que ele dizia, queria acabar logo de esvaziar os sacos plásticos, para tomar banho, comer e cair na cama. Seu corpo cheirava a perfume vencido e sexo feito às pressas, no intervalo curto entre um cliente e outro na loja onde trabalhava havia pouco mais de quatro meses. Lá ela obedecia a três pessoas: ao velho, à velha e ao filho mais novo de ambos. O mais velho era médico e não se interessava pelos negócios da família. Formara-se quase que exclusivamente com os recursos do próprio bolso, pois também era músico e muito requisitado. Este era o seu orgulho, e dele não se desprendia nem quando estava nu. Às vezes aparecia na loja só para flertar com Cíntia. E nessas ocasiões ela se perguntava, com o olhar fixo na réstia de sol que pintava a triste rua, que açúcar ela tinha que atraía tanto o pai quanto os filhos, os dois. Pois Cíntia pouco a pouco foi se sujeitando, na loja, às dissimuladas carícias do velho e do filho. Quando não era este que a levava para o porão, era aquele que a arrastava para o sótão. Enquanto isso a loja ficava entregue a quem se eximisse dela naquele dia e, naturalmente, à velha, que parecia cega, alheia. Ou tão-somente tolerante, ajustada à velhice e ao fato de que deixara de ser atraente, desejável — mãe e irmã apenas. Havia um tácito acordo entre pai e filho: quando um se acoplasse a Cíntia, o outro se ocuparia da velha. Esta parecia não saber de nada, mas talvez soubesse, como uma compreensão elevada que preferisse confinar à opacificação dos olhos, surpreendidos pela catarata. No momento da morte, talvez, enfim a traduzisse com palavras, a fim de chocar, de se fazer valer. Talvez. Nessa noite, portanto, Cíntia abrira-se ao filho, por exatos vinte minutos, e era ele quem a exauria mais, pois era muito mais exigente e impetuoso, e também mais arrojado... Seus músculos até agora doíam do esforço e da entrega. Mas ainda assim sentia-se recompensada, o dinheiro era bom, entrava aos borbotões, e ainda mais agora, que começara a ameaçar contar tudo à velha, se eles não revissem o valor básico de seu salário... Cíntia voltara a morar com o pai precisamente porque às vezes saía muito tarde da loja, e o pai morava bem mais perto que a mãe, e ela, Cíntia, infelizmente, ainda não podia morar sozinha. Mas em breve, com um salário melhor...

— Uma coisa estranha — o pai reiterou, em tom sombrio.

— Sim? — Cíntia disse, desatenta e ainda ocupada com as compras. Mal arrancou todos os produtos dos sacos e os depôs sobre a mesa da sala, começou a transportá-los, aos poucos, para a cozinha.

— Tem um cara morando naquele velho sobrado em frente ao estacionamento...

A filha parou com um pacote de macarrão na mão, diante do armário, as portas abertas, deixando entrever o interior oco e escuro.

— Que problema há nisso? — disse.

Não havia nenhum problema, muita gente mora em algum lugar e isso é, aliás, o natural, morar. A exceção que vai virando regra é a dessas ruas repletas, à noite, de pessoas acumuladas sob cobertores improvisados. Porém:

— Quando a gente olha pra ele, parado na janela, ele se esconde. Acho que tá planejando alguma coisa contra alguém ali, do estacionamento, ou das outras casas. Talvez seja um bandido perigoso escondido, esperando que a poeira assente em algum lugar...

— Pai, isso é ficção, cinema... — Cíntia sorriu e não disse mais nada.

Voltou à sala duas vezes mais e finalmente fechou o armário. Depois se ocupou de guardar os frios na geladeira e as frutas na enferrujada cesta perto do fogão.

— Pode ser — o pai concordou, depois de um tempo, e se voltou de novo para a parede, agora de olhos fechados. Logo ressonava, leve, como uma criança.

No quarto, Cíntia se livrou das roupas e entrou no banheiro. De onde estava, e de costas como estava, o pai não poderia vê-la, e então ela circulava, livre, nua, metida na escuridão. Antes de abrir o chuveiro, tentou olhar as estrelas pelos furos do destroçado vidro do enferrujado basculante, mas não havia estrelas, a noite estava nublada, ameaçando chuva. Cíntia fez chover sobre o corpo uma água quente que a limpou do longo dia em pé, atrás do balcão sujo, e do sexo duro, mecânico, com o rapaz. Quando gozaria com ele? Era a sétima vez em um mês que ela e ele... e ainda não sentira nada, só um brusco avançar carnudo entre as pernas e um roçar e um gemer e um fluir morno e úmido, como todos os outros que experimentara, inclusive com o velho, por sinal bem mais carinhoso, embora a flacidez, a quase inaptidão. Se pelo menos gozasse, teria justificada a entrega pacífica a um e a outro, e aliviada a sensação de que o fazia só por dinheiro. Mas, a exemplo das estrelas, que uma noite estão no céu, petulantes, e em outra permanecem escondidas, como se temessem diluir-se no vazio, um dia ou uma noite ela acharia no sexo algo mais que sacrifício e dinheiro. Essa era uma verdade que parecia tocá-la. Cíntia se apaziguava só com a esperança de, em breve, por alguma sorte, seu interior vir a executar salientes pulos, e o grito escapar de sua boca, como um instantâneo e curto fluxo de dor. Não era assim que transavam as boas moças nos filmes, com o íntimo em silêncio, o corpo aos pulos, a boca aberta em comovidos gritos? Esperasse então a naturalidade da vida. Naquele momento só lhe restava buscar as estrelas no céu ou tão-somente imaginá-las, espécie de exclusivo presente para si mesma, por merecimento de suas pernas abertas naquela tarde, mais uma vez e seguramente não a última... Fechou então os olhos sob o jorro febril da água e imaginou que seu corpo, até ali usado, jamais comovido, cobria-se de luminosos pontos.

••

De manhã cedo, antes de entrar no estacionamento, Dovico parou diante do sobrado. Mas era impossível enxergar o estranho. Do ângulo em que se encontrava só via o teto róseo-apático e o bocal vazio da lâmpada. Ergueu muito a cabeça, até o corpo curvar-se para trás, mas não viu nada, só o teto e o bocal. Naquela manhã Dovico tinha um serviço para fazer num apartamento na rua Augusto França, lá embaixo, já perto da descida para a Contorno: uma torneira, um entupimento, qualquer coisa assim, não se lembrava direito, a mulher falara com ele na feira do largo, e Dovico só se lembrava que tinha um serviço para aquela manhã, mas não o que teria realmente que fazer, que consertar. De resto, isso não era nem um pouco relevante, relevante era o dinheiro que embolsaria... Deu as costas para o sobrado e começou a atravessar o estacionamento. Sua intenção era sair pelos fundos, direto na ladeira do Gabriel e dali vencer também o estacionamento do Hotel Diplomata e chegar em menos tempo e chão à rua Augusto França. Ricardo, o porteiro do primeiro estacionamento, que estava de serviço desde as quatro da manhã, imóvel e com sono, na guarita fria, chamou Dovico quando este já começava a descer a escadinha que ligava o piso térreo ao subsolo, um complexo de estreitas vagas, baixo, escuro e sufocante, após o qual, por uma larga porta, chegava-se à rua, que nos dias de sol surgia abrasadora contra os olhos túmidos de escuridão, como a vida nas pupilas úmidas dos recém-nascidos. De pronto, Dovico se voltou.

— Já te disse pra não fazer isso — Ricardo o advertiu, se aproximando. — Não passe sem me avisar, pois às vezes tô distraído, e você passa, e se não te vejo, ou te vejo só de relance, como uma sombra, posso até te dar um tiro...

O tom era dramático, patético, de fazer rir, e Dovico sorriu, com seus poucos dentes disformes e amarelados, que manchavam o lenço branco do dia. Levava na mão direita uma pesada caixa de ferramentas, um metal extra que o fazia mancar ainda mais, um peso a mais, tão incômodo quanto aquela hérnia e ele próprio, que não passava também de uma hérnia, pútrida, cravada na existência nem sempre limpa sob o céu. Os dois ficaram em silêncio até que o sorriso de Dovico desaparecesse.

— Certo? — Ricardo disse, afetado. — É pra sua própria segurança.

— Você nunca me daria um tiro — Dovico retrucou, com alguma coisa de ingênuo e extremamente confiante de que o outro só estava brincando.

— Aí é que você se engana... Mas me diga uma coisa, você vai aonde com essa caixa, quem é sua vítima hoje?

— Dona Rosa — o velho informou, sério, ignorando a ironia do outro.

— A do edifício amarelo? A mãe das duas garotas? Velho, se eu tivesse de bobeira hoje, ia lá te auxiliar, só pra ver aquelas duas bem de perto... — E Ricardo segurou, segurou mesmo, com ênfase, num incisivo movimento, o proeminente volume entre as pernas. Em seus olhos o real se diluiu, e a imaginação se instalou. Via as garotas... Via-as e ia deixando cada uma mais nua que a outra...

••

As duas garotas, as filhas de dona Rosa, tinham em comum uma curiosa característica: não falavam. Não porque fossem mudas, não: eram caladas mesmo, em casa, na rua, na escola, em qualquer lugar... Todos os dias, cedo, passavam silenciosas rumo à escola. Voltavam perto do meio-dia, igualmente em silêncio. Andavam lado a lado, pela calçada, sem nunca se desviar, sem nunca se desprender uma da outra. Até parecia que seguiam um mapa mental, minuciosamente traçado e obsessivamente cumprido todos os dias. Dizia-se que só uma vez se ouviu sair dos lábios de ambas algum som: foi quando, atravessando uma esquina, foram atacadas por um cão de rua. As duas gritaram, juntas, quase que num único movimento, num único e explosivo som. Um dos rapazes que exploram no bairro o estacionamento público, deu um jeito de afastar o animal, e as duas, sem lhe agradecer, continuaram a andar. O rapaz, contudo, garante até hoje que a mais nova lhe voltou um olhar ao mesmo tempo de agradecimento e amor. Ninguém acredita nisso, é claro. Mas ele vive essa fantasia, e por ela se embebeda noites e noites, com alguma esperança de no futuro se afundar naquelas roupas macias e quentes, se perder naqueles cabelos profusos e vivos. É o que todos os homens do bairro que as viram um dia, uma única vez, desejam, sem exceção: afundar naquelas roupas, sucumbir naqueles cabelos. Fernanda, a mais velha, na época que Dovico por lá esteve, em sua casa, beirava os dezessete anos, e Maria, a mais nova, quinze. Bonitas, vestiam exóticas roupas, que as deixavam ainda mais bonitas, roupas de frio: calças de lã, botas e espessos e longos agasalhos, em cores que se confundiam com o tom castanho-claro de seus cabelos, e cujas mangas ultrapassavam seus indecifráveis braços. Talvez a única diferença entre as duas, além da idade, da altura (dois centímetros a mais em Fernanda), fosse a consistência dos cabelos. Em Maria, a mais nova, eles eram ondulados, cheios, leves, quase diáfanos, e também macios, como as folhas de certas árvores que morrem no outono e ressuscitam em pleno verão... A vontade que se tinha era de mergulhar neles, ir, não voltar, sumir, tragado o corpo por um oceano de maciez e mistério... Fernanda, a mais velha, tinha cabelos lisos, pesados, de uma uniformidade e regularidade até então improváveis. Mal os ventos mais ferozes os assanhavam, eles voltavam ao lugar; efeito do peso, dos fios finos de raro metal... As irmãs eram unidas, disso se tinha tanta certeza que, sempre que se mencionava uma, a outra era imediatamente lembrada. Unidas como duas casas num mesmo terreno, dois furos de bala numa mesma morte, dois líquidos indissociáveis e que por isso mesmo jamais deveriam ter sido misturados... Outra certeza: eram estrangeiras, pelo menos de outro lugar, longe dali; estava evidente nas roupas, nos hábitos, no olhar esquivo, no intransponível silêncio, no modo de andar petulante e alheio aos obstáculos... No entanto, dona Rosa era bem nacional, de rir e gritar por qualquer coisa, se bem que às vezes fosse um pouco misteriosa, austera, de uma rochosa invulnerabilidade. Mas de que região do país era, ninguém sabia. Muito mal se sabia que o marido morrera em meados da década anterior, num acidente de trabalho, deixando-lhe aquelas duas filhas, que ela criava com uma dedicação insana, uma proteção de jaula.

••

Dovico deixou Ricardo no estacionamento, extasiado com a mão no pênis, e retomou seu caminho. Desceu com dificuldade, mancando, a rua Augusto França, pois tinha ficado muito tempo em pé, parado, e quando isso acontecia uma dor fina partia do meio de suas costas, avançava pelo músculo lateral da nádega direita e se espalhava pela coxa, até se dissolver, num repuxo lancinante, à altura do joelho, que o fazia mancar, arrastar o corpo de lado, como um barco soçobrando. E nada podia ser feito; a dor só chegava ao fim quando seu corpo esquentava, quando de passo em passo os músculos iam se tornando mais rígidos, capazes. A hérnia o incomodava, mas aquela outra dor era muito pior, feria-o com disposição e ímpeto surpreendentes, obsessivos, cruéis, além de o expor ao riso alheio e à piedade cotidiana, ambos oriundos do inócuo e mesmo humanismo.

Com um andar já quase normal, Dovico venceu o último trecho da calçada e parou em frente ao prédio de dona Rosa, que era amarelo, com frisos brancos, e se destacava como fogo contra o céu de um pálido azul. O porteiro, que o conhecia e com quem Dovico, às vezes, na rua, trocava algumas palavras sobre futebol, abriu o portão automático e se empertigou todo atrás do balcão para recebê-lo, sorriso nos lábios e olhos atentos, ainda, pois de tarde, fatigado, nem mais olhos teria... Dovico parou diante dos dentes defeituosos, falhos, chuviscados de insetos negros.

— Bom dia, Ivan, vou fazer um serviço no apartamento de dona Rosa...

— Dona Rosa? — Ivan parecia surpreso.

— É.

— Mas ela não está... Saiu logo cedo...

— E as filhas?

— Também não. Elas estudam, e só chegam bem mais tarde.

Dovico pensou um pouco. Depositou a caixa de ferramentas no chão e consultou o gasto relógio de pulseira plástica que desesperadamente se agarrava ao seu pulso. Não tinha nenhum trabalho para o dia a não ser aquele. Podia esperar, e foi o que por instantes pensou fazer. Mas um casal veio saindo do prédio, se aproximando cada vez mais de onde Dovico estava, até que ele foi obrigado a lhes abrir passagem, no exíguo espaço entre o balcão da guarita e o portão de ferro, e esse tempo foi mais do que suficiente para que mudasse de idéia. Dovico e o porteiro ficaram olhando a mulher se afastar com o marido. Eram jovens, e a garota, a exemplo das filhas de dona Rosa, mal olhava para as pessoas. Quase sempre, e mesmo que não estivesse sozinha, a mulher caminhava de cabeça baixa, ou então fitando um horizonte irreal, só seu, lá entre os prédios, no reflexo do sol nos prédios de altas e reflexivas janelas. Antes que o porteiro fizesse qualquer comentário a respeito da mulher, pois era o que estava prestes a fazer, por obrigação masculina e sem conseguir apagar do rosto a despeitada vontade de seguir o casal, ir atrás da bunda magra mas jeitosa da mulher, Dovico disse:

— Vou circular por aí e mais tarde volto. Fale com dona Rosa.

O porteiro ficou desconcertado, de boca aberta, os olhos boiando no ar. Mas de pronto se lembrou de que logo o faxineiro estaria de volta, e ele poderia lhe dizer, com satisfação, que vira a moça outra vez, a quarta naquela semana, um recorde. Ela quase não saía, ao que parecia trabalhava em casa. E quando saía era sempre com o marido. Saíam e logo voltavam.

Mas às vezes saíam à tarde e só voltavam no dia seguinte, à noite. Ivan, então, tentava imaginar aonde teriam ido, tanto naquela saída longa quanto na outra, curta. Ambas lhe interessavam. Que tinham feito, e onde e com quem? Teriam ido a um motel? Era certo que não, pois moravam juntos e sós, podiam portanto transar à hora que quisessem. Certamente foram a uma festinha e lá se prolongaram e acabaram dormindo na casa dos anfitriões... Era isso. As saídas curtas o intrigavam também e talvez ainda mais, pois eram tão rápidas, coisa de minutos, e além disso eles voltavam de mãos vazias, o que atestava que as escapadas não eram de natureza comercial. Aonde iam nessas ocasiões, e o que faziam? Deus, ele estava ficando louco! Sim, louco, obcecado em compreender algo que não reunia segredo algum e não constituía nenhum enigma. O enigma era ele próprio, e o segredo estava dentro de si mesmo: desejo, amor e ternura por uma moça comum, igual a qualquer outra, e que, além disso, já tinha outro, era de outro, e que, mesmo que fosse só, jamais o veria. De fato, ela jamais o via. Ele era para ela como uma parede branca e lisa, um vaso de plantas num canto, um quadro sem cor e inexpressivo, comprado ao acaso e pendurado sem gosto numa sala igualmente sem gosto, alguém velho que move solitário as cartas de um surrado baralho, recluso à ensebada mesa de madeira de um vazio corredor de entrada, e por quem se passa como por um saco de entulho abandonado ao pé de um poste... Ele não a atrairia nem que fosse o último da espécie. Nem que ela brigasse com o marido e apanhasse e, mais tarde, passado o ardor dos golpes, precisasse de consolo, e ninguém lhe ocorresse, nenhum amigo, nenhuma irmã. Ele era para ela um livro só com capa, nome e título, sem nada dentro, páginas e páginas em branco...

Dovico ergueu nos dedos ossudos, pela alça enferrujada, a pesada caixa de ferramentas. Deu dois passos hesitantes e doloridos através do portão aberto. Mas nem bem o havia transposto, lembrou-se de alguma coisa, voltou-se e perguntou, com um ar de provocação, sorrindo:

— E a rodada ontem, hein?

Ivan balançou a cabeça e soprou pela boca um som fraco, de decepção e desânimo. Não era apenas o resultado negativo do futebol que o oprimia: a vontade que tinha da garota e a impossibilidade de a obter se imiscuíam nele, mais devastadoras ainda, e alcançavam a superfície de seu rosto, desolando-a. Ignorante disso, Dovico sorriu e lhe deu as costas. Dovico vira no jornal, pela manhã, que o time de Ivan havia perdido e o seu empatado. Há três rodadas que os times não sabiam o que era vencer. Com um desempenho abaixo da crítica, já corriam o risco de vergonhosamente baixarem à segunda divisão, e Dovico e Ivan, a cada rodada, se limitavam a trocar, quase que silenciosamente, incentivos de mútua solidariedade. Não foi o caso agora, que, aos poucos, como um doente fatal que pressente a inutilidade da luta, em lugar de demonstrarem confiança, um mínimo de confiança, iam se abandonando a uma resignação quase estóica, a um estado que antes de tudo privilegiava o descanso das esperanças, e com isso aliviava o peso da vergonha e do desespero. Mas, de certa forma, Dovico tinha sorte em debater-se apenas num problema, numa frustração. Ivan tinha o martírio das derrotas no futebol e no amor, jamais correspondido. Com quantas mulheres se envolvera e, por conseguinte, com quantas fora para a cama? Cinco no primeiro caso, e três no segundo; e destas uma era prostituta, soube depois, quando, terminada a foda, ainda na cama, ela lhe estendeu a mão... Muito pouco. Toda a vida fora rejeitado, e o seria ainda, por muitos anos. Talvez até a morte. Melancólico destino o seu, passar pelas mulheres como quem vai por um bosque de altos pinheiros imóveis. Elas não se abalavam à sua passagem, e mesmo que se abalassem não seria por interesse...

••

Quando Dovico voltou, mais tarde, já era quase meio-dia. Perdera a hora. Isso sempre lhe acontecia, estranha e surpreendentemente, pois afinal de contas tinha no pulso um relógio, que bastaria erguer e consultar. Mas, quando andava nas ruas, era como se estivesse livre do peso do tempo. Era como se não existisse o tempo, seu lento livrar-se das coisas.

Dona Rosa não estava, só as filhas, que tinham acabado de chegar. Dovico foi autorizado a subir. Não era mais Ivan o porteiro, era outro, sisudo e calado. A porta estava aberta, e antes de entrar, porque avistou a sala vazia, Dovico deu duas batidinhas claras e espaçadas no sólido caixilho. Uma das garotas, precisamente a mais velha, Fernanda, surgiu do quarto, cumprimentou-o educadamente, sem sorrir, abriu-lhe passagem e depois fechou a porta. Estava de calça *jeans*, com os cabelos soltos e, inacreditavelmente, apenas de sutiã... Dovico achou que ela havia se distraído, esquecido de que arrancara a blusa, e do jeito que estava fora atendê-lo. Ia dizer alguma coisa, mas quando avistou a outra garota, parada à porta do quarto, vestida só com as roupas íntimas, se calou. Pensando bem, o que ele poderia dizer, mesmo se quisesse, se conseguisse falar alguma coisa? Tudo o que lhe ocorreu dizer foi:

— O que é que tem aí pra consertar? Sua mãe falou, num falou, com vocês...? — e olhou de uma para a outra, ansioso de que elas lhe mostrassem logo o que era que ele deveria consertar.

— É no banheiro — disse Maria, sem se mexer um centímetro sequer. Parecia cada vez mais parada, presa à porta, àquele vão limítrofe.

A irmã conduziu Dovico até o banheiro, explicou o que estava errado com a pia e, depois de um tempo parada às suas costas, enquanto ele averiguava o defeito, desapareceu. Ainda atônito com o que tinha presenciado, Dovico abriu a caixa de ferramentas. Observou com atenção a tubulação de escoamento da água, tocando-a às vezes, com dedos pacientes que buscavam qualquer vestígio de umidade, e então decidiu desfazê-la, peça por peça. Já estava totalmente envolvido no trabalho quando, de repente, Maria entrou silenciosamente no banheiro, inteiramente nua, e sentou no vaso. O som de sua urina na água, a nudez da garota, seu rosto impassível, sua beleza, e as mãos calmas e inertes, macias, finas, vítimas de um ingênuo abandono, repousadas sobre as coxas delicadamente abertas, tudo aquilo pareceu a Dovico itens graves de uma imponderável conspiração.

A garota lavou-se ruidosamente com a água da ducha, enxugou-se com um pedaço enorme de papel higiênico e saiu. Dovico ficou imóvel, olhando para o vaso, para a urina cor de fogo dentro do vaso. Era como se a garota não tivesse estado ali, como se tudo, a cena e seus ruídos, não passassem de uma fabulosa alucinação. Incapaz de compreender, Dovico acionou a descarga e, conformado, voltou a trabalhar, a mexer nos canos da pia. Daí a instantes a outra garota entrou, também inteiramente nua, e repetiu todos os gestos da irmã. Mas houve uma diferença: ela ia lavar a mão na pia, sem o cano de escoamento, naturalmente, como se Dovico não estivesse ali, consertando-a, e foi ele quem a advertiu, dizendo: "Ei!". Ela o olhou embaixo da pia, todo encolhido, e sem dizer nada, alheia à gravidade do que poderia ter feito, derramado água suja sobre a cabeça do velho, saiu. Dovico observou seu corpo esguio e claro desaparecer por trás da parede nua que delimitava os arredores da sala. Menos perplexo agora, mas ainda assim intrigado, acionou de novo a descarga e voltou a se ocupar da pia.

Pouco mais tarde, Dovico ainda não tinha acabado o serviço, dona Rosa chegou, esbaforida da forte caminhada sob o sol implacável do meio-dia. Mal entrou em casa, foi se livrando da blusa. E só de sutiã parou à porta do banheiro e falou amistosamente com o velho, que levantou a cabeça e lhe devolveu o cumprimento. Depois do que presenciara as duas garotas fazer, nada mais o surpreenderia. E de uma coisa estava certo: aquela família era mais do que esquisita. O que Dovico até ali tinha visto talvez não passasse de simples alucinação ou do comum, o banal entre as três, mãe e filhas. E de certo modo era isso que Dovico não gostaria, em hipótese alguma, de descobrir. Foi por isso que apressou o trabalho e minutos depois, ao ver dona Rosa passar, agora totalmente nua, em direção à cozinha, chamou-a e disse que o problema já estava solucionado.

— A água está escoando facilmente, veja — disse para a mulher, evitando olhá-la, seu corpo branco e flácido, repleto de rugas e sem mais nenhum atrativo, e prontamente abriu a torneira.

A mulher chegou bem perto dele e se pôs a observar a água sair da torneira, escoar pela suavidade da pia e desaparecer ralo adentro, sem se esgueirar por nenhum orifício extraordinário do cano, à vista dos olhos. Voltou-se para ele então e disse:

— Quanto lhe devo?

Dovico lhe informou o preço e começou a recolher do chão as ferramentas. Dona Rosa foi até o quarto e voltou quase que imediatamente, com algumas cédulas nas mãos, como se o dinheiro já estivesse separado e contado, à espera. Além do valor pedido por Dovico, ela lhe deu mais algumas notas. Dovico agradeceu e saiu do banheiro. Na sala, as duas garotas estavam começando a se servir do almoço. Do banheiro, enquanto trabalhava, Dovico escutara o ruído de pratos e talheres, a mesa sendo posta, peça por peça. Ele até imaginara as duas garotas, esguias e leves, macias e claras, circulando da sala para a cozinha, da cozinha para a sala, vestidas apenas com os objetos e utensílios que portavam. E agora lá estavam elas, ainda nuas e famintas, em gestos vorazes, atacando com os talheres o odor espesso e inebriante.

— O senhor almoça conosco? — dona Rosa perguntou, com um sorriso gentil, de requentada educação.

Dovico olhou de novo as garotas, a comida vaporosa e a mulher flácida que se encontrava à sua frente. Olhou rápido, de relance, pois não queria fazer transparecer que tinha fome, que queria realmente se sentar e comer. Não. Tampouco que se deixava atrair por seus corpos, que enfim os notava. A mesa parecia posta numa praia deserta aonde ninguém chegasse, nem mesmo os amigos mais íntimos ou as autoridades, que em geral chegam a qualquer lugar... Uma praia particular e livre de qualquer tipo de assédio, a não ser o do sol e o dos pássaros.

— Não. Minha filha está me esperando em casa — ele mentiu, pois Cíntia nunca almoçava em casa

— Não quer mesmo? — dona Rosa insistiu, o rosto sério agora, e disposta talvez a fechar-lhe a porta nas costas.

— Não, não mesmo. Obrigado.

Dona Rosa abriu a porta e Dovico saiu, sem se despedir das garotas.

••

À noite, antes que Címtia chegasse (e lhe pareceu que mais uma vez ela chegaria muito tarde, de madrugada), Dovico se encontrou com Ricardo no estacionamento do Hotel Diplomata, e ambos iniciaram mais uma vazia e curiosa conversa a respeito de nada: futebol, essa e aquela briga de rua, quem se deu mal, quem se deu bem, a loja da esquina, que cerrara as portas pela terceira vez no ano e dessa vez, eles acreditavam, ficaria muito tempo ociosa, sem ninguém que se mostrasse interessado em alugá-la, e a reunião anual dos pequenos e inofensivos políticos de direita que aconteceria no fim de semana, no Clube Fantoches... Em meio a tanta trivialidade, era mais do que esperado que, cedo ou tarde, Ricardo mencionasse as filhas de dona Rosa. Não que elas fossem triviais, não, nenhuma mulher na verdade o é: são mulheres e só. Trivial é o que porventura dizem e pensam e movimentam, e mesmo assim a depender de quem esteja do outro lado, ouvindo-as, vendo-as. No caso de Ricardo, que as desejava pelo que tinham entre as pernas e no abaulado traseiro, tudo o que elas dissessem lhe pareceria atraente, profundo e elevado. Ele estaria sempre disposto a ouvi-las para depois calá-las ou fazê-las gritar sob o ávido peso de seu corpo, apenas isso, o que era pouco, muito pouco mesmo, a oferecer à milenar clausura feminina. Quando Ricardo mencionou as garotas, estimulando Dovico a falar delas na intimidade de casa, como agiam, como se vestiam, se se recolhiam aos quartos ou ficavam à deriva pela casa, como sempre acontece com as adolescentes, permanentemente à espera de que algo de muito excepcional lhes aconteça, de estalo, por influência óbvia do acaso ou piedade de um ser magnânimo que delas se compadecesse, Dovico demorou a se manifestar, constrangido de revelar o que presenciara e receoso de parecer um mentiroso, um lúbrico. Mas enfim, diante da insistência de Ricardo, que afirmava ser impossível que ele, Dovico, estando na casa, não tivesse presenciado nada de interessante, Dovico falou. Antes, porém, cogitou em simplesmente dizer que as garotas não se encontravam ou que se encontravam mas não apareceram a ele ou mesmo que, se bem que presentes, ele mal reparara em suas roupas, em seu comportamento, no despojar-se à intimidade da casa, aspecto que fascina a todos os homens acostumados a observar as mulheres na rua sem, no entanto, se dispor a assediá-las. A beleza das grávidas reside no fato de que foram possuídas, tornaram-se íntimas de alguém, de um homem. Não parecem mais ingênuas, ignorantes do ato vital que perpetua a vida. Dovico ouviu isso muitas vezes, centenas até, com variações, mas a essência era sempre a mesma, esta: toda mulher grávida já se despiu e não para tomar banho ou apenas trocar de roupa; e assim dispensa aos homens de imaginá-la nua, como o fazem com quase todas que vêem e supõem puras...

Quando terminou de contar sua singular aventura, Dovico percebeu que Ricardo ficou ainda mais perplexo que ele, que presenciara tudo. Contada assim a história parecia ainda mais grave, mais absurda, inconcebível. Depois de um prolongado silêncio, Ricardo enfim se manifestou:

— Não acredito, Dovico. Você tá mentindo.

— Não, juro.

— Nuas? Nuas mesmo? — Ricardo suspirou, com um sorriso ainda incrédulo e o semblante desconfiado.

— Nuinhas.

— As garotas? E também a mãe?

— Sim, as três.

O olhar de Ricardo se distendia na escuridão, sonhador.

— E o que você fez?

— Que que eu podia fazer...?

Do telhado do hotel, pouco depois, escondidos, os dois ficaram observando o sobrado onde o misterioso homem negro, como um sinal incandescente vindo do meio do mar imerso no negror de uma noite impenetrável, de chuva, às vezes surgia, colocava a cara no espaço visível do cômodo vazio, emoldurado pela janela, e logo desaparecia, talvez receoso de ser descoberto ou observado por muito tempo. O que eles tentavam compreender não era tanto o que aquele homem queria, mas *o que* era ele, pela angústia de seu rosto, o estado de suas mãos, que ocasionalmente se agarravam ao parapeito da janela...

— Velho — Ricardo disse, voltando mentalmente a se ocupar da história que Dovico lhe contara e que ele não conseguia esquecer, embora estivesse certo de que era mentira, invenção —, vou te dizer uma coisa: não acredito em nem uma palavra do que você disse, não mesmo, é impossível, imagine, aquela mulher e as filhas, nuas, em casa, o tempo todo, e você lá, perto, vendo tudo, e desejando-as, claro — e sorriu, malicioso —, porque você as desejou, seria estranho que não desejasse, que droga!, que homem não as desejaria, daquele jeito, nuas...? Não acredito não, você pode contar mil vezes esta história que eu não vou acreditar. Nem ninguém.

Dovico deu de ombros e voltou a observar o negro.

JORNADA DE UM MENINO

Perto do hotel, que fica na rua da Faísca, um menino vai sozinho para a escola. Pesa-lhe nos ombros uma espantosa mochila. Não tem mais que oito anos. Mora só com a mãe, num prédio próximo. A mãe é manca. Teve uma perna esmagada num acidente de automóvel. Na ocasião, o menino perdeu o pai. Ele estava bêbado, mas mesmo assim insistiu em dirigir. O menino era pequeno e, na hora do acidente, segundo o depoimento da babá, dormia profundamente no berço, embora em dado momento houvesse movido a perna, com violência, como se chutasse uma bola ou tivesse sido abalado por um forte impacto... A moça, mística, acreditava nisso e espalhou a história para todos os parentes dos pais, assim:

— O menino também estava no carro, em sonho... Viu tudo e até sentiu dor, sofreu...

Também para a mãe do menino ela disse alguma coisa, ou muita coisa, até que a mulher se indignou e a despediu. Que fosse buscar outro ouvido para suas bobagens! Via-se que já não suportava tanta conversa inútil que lhe trouxesse de volta a triste memória do marido. Dele lhe ficara a lembrança do seu amor, do seu carinho. E sobretudo, inevitável, indelével, seu revigorante odor... Era o que mais a inquietava, a ponto de fazê-la chorar, de repente, em pleno trabalho ou em casa, a sós, a sustentar nos ombros pesada solidão... Não era propriamente um perfume, mas odor apenas, de suave suor misturado a cheiro de pele limpa e sadia. Certa vez vira num filme um personagem confessar que guardava do pai não sua imagem ou sua voz ou seus gestos de ternura, mas tão-somente o cheiro misto de cigarro, pele fresca e loção pós-barba. Era assim com ela: do marido lhe ficara um odor próprio, específico, que só ela conhecera e que, inconscientemente, passara a buscar em todo homem, no mais pífio pretendente. Se não o achasse, decepcionava-se.

Às vezes dizia ao filho, com algum objeto na mão:

— Sinta, filho, o cheiro de seu pai...

Guardava certos objetos do marido numa antiga caixa de madeira que pertencera ao sogro. Estavam ali uma carteira (ainda com algum dinheiro e os documentos pessoais), dois ou três aparelhos de barba usados, e dos comuns, com uma lâmina apenas; canetas, lápis, um bloco de notas, um molho de chaves, três pares de óculos, também alguns livros de bolso, nos gêneros poesia e conto, e outros objetos, muitos outros objetos, exíguos e incompreensíveis. Os livros eram os que o marido lia somente quando estava em trânsito, no ônibus, na fila do banco ou numa praça ou bar, à espera de alguém. Quando terminava a leitura, desfazia-se deles. Geralmente passava-os para uma pessoa conhecida ou os esquecia em algum lugar, de propósito: num balcão de loja ou numa mesa de restaurante. Agora, com os livros na mão, ela não tinha coragem de folheálos. Contentava-se em levá-los ao nariz por alguns momentos... A ausência do marido doía-lhe mais que a perna que ela arrastava pela vida...

Da última vez que abriu a caixa, achou um canivete. Após cheirá-lo, entregou-o ao filho.

— Puxa! Que legal!

— Era de seu pai. Cuide bem dele e não o use senão para coisas úteis ou para se defender...

O canivete descansa agora, sossegado, no bolso da calça do menino, que mal o toca. Ele vai pela rua sacudida por pessoas e carros. Anda rápido e de vez em quando se impõe uns pulinhos; de contentamento, é certo. A vida brilha nas vitrines à sua volta, embora feneça nos olhos contrários, das pessoas que caminham em sua direção, cegas, cabisbaixas. No último instante, já a ponto de abalroá-lo, se desviam. É automático, como se estivessem sendo manipuladas por cordames de uma mão enorme que tudo sabe, tudo pode...

Noite passada um homem esteve em sua casa. Talvez por isso a mãe lhe tenha dado pouco antes o canivete. Para prepará-lo. Ou não: ninguém sabe e nunca vai saber o motivo, a não ser que ela o revele, algum dia, vítima de uma eloqüência que não passará de desespero. Mesmo com tão pouca idade, ele já sabe, já compreendeu, e sem assombro, que a mente alheia é inacessível. Como uma maciça barra de ferro, nela não há dentro. Ninguém lhe penetra o âmago, ninguém se acerca de seus segredos. E anos mais tarde compreenderá, ainda com mais naturalidade, que a mente é um horizonte encoberto, um limite inalcançável que jamais se deixa entrever...

O homem permaneceu com eles na sala, o menino brincando, alheio, encerrado em si mesmo. Empurrava no chão carrinhos de ferro, que entravam num posto de gasolina imaginário e depois saíam, abastecidos. A rodovia seguia por entre cadeiras, mesas e outros móveis. Perfazia todo o apartamento, inclusive os quartos e os dois banheiros. O dos fundos não passa de um depósito escuro e poeirento, um desfiladeiro de sombrias e altas escarpas. É um menino quieto, comportado, e que às vezes desaparece, solto em sua fantasia, pelos outros cômodos. Sentado no sofá, o homem tinha sua mãe em frente, a fitá-lo, mas, quando o menino se ausentava, o homem se movia em direção a ela. Beijava-a, abraçava-a, bolinava-a. A perna manca o incomodava, em sua rigidez flácida. Ele fingia ignorá-la e prosseguia na exploração. Por várias vezes, em seus vaivéns contínuos, até que o sono lhe chegasse, o menino o surpreendeu curvado sobre sua mãe. E já sabia o motivo, pelos filmes, de tal comportamento... Todos os homens fazem isso, beijam as mulheres e enfiam a mão sob suas saias, tocam-nas em pontos precisos... Também ele um dia as beijaria e bolinaria, as mãos famintas, sem pudor, sem receio, por instinto.

Na mãe, que o despertou esta manhã, havia um outro cheiro então, proveniente do homem. O menino sabe. Aprendeu a sentir, a cheirar. E não era como o odor do pai, bom, que ficava tênue nas narinas como, na memória, os restos de um sonho. Era um odor novo, acre. Um odor ácido, alto, de fazer doer os tímpanos, os olhos, todo o crânio. De entrar no cérebro e corroê-lo, impiedoso.

— Mãe...

— Sim?

— Não quero ir...

Enrolada ao roupão, a mãe o fitou com espanto. O menino nunca remanchava para ir à escola. Aquela era a primeira vez.

De pronto associou o fato à presença do homem em sua cama, confinado ao sono. Intrigava-a, no entanto, que o menino o tivesse pressentido, afinal fora dormir cedo, em seus braços, sem o homem perto quando, já em sua cama, abrira os olhos e perguntara onde estava... O homem ficara no sofá, na sala, impaciente, contrariado.

— Não quero — o menino repetiu, num lamento.

Ela o convenceu, contudo, à sua maneira, carinhosa, compassiva, paciente. Não havia motivo para ter medo. Não devia ter medo. A escola é importante, e ele devia ir à escola. Pois bem, o menino saiu atrasado, mas saiu. E a mãe voltou para a cama, sobre seu homem. A perna manca a atrapalha um pouco durante a movimentação, lenta de início e vigorosa, frenética, quanto mais se aproxima do fim... Quando afinal se deita de novo, para o último sono reparador da manhã, pensa no filho e decide que não vai levar adiante, apesar do sentimento de solidão que a oprime, essa relação. Além do mais, e pensando agora somente em si mesma, o homem é hostil, habituado a gestos rudes e dono de um peso excessivo. Não o suporta sobre si. Preferiu cavalgá-lo, pois viu que desse modo era mais cômodo, e assim, no êxtase, quase onírico, pôde tornar-se leve, prestes a voar, como se de seus flancos ossudos brotassem asas...

Sacode o sujeito. E diz:

— Acorda, vamos, levanta.

O homem se vira, abre os olhos, resmunga. O rosto esmagado se recompõe lentamente, poro a poro, pêlo a pêlo, ruga a ruga. Estas ainda são poucas, mas em breve serão muitas, a devastar-lhe os traços. A barba por fazer lhe confere um aspecto de descaso, um inconfessável ar de irresponsabilidade, mas para a mulher, que ainda sonha com a mente intrépida de uma adolescente deslumbrada à procura de seu príncipe, aquilo não passa de um estado rebelde. Ou talvez só aparência, pois o fundo é outro, proporciona-lhe prazer, simula força. Se firmasse com ele, não deixaria que fizesse a barba nunca. No máximo permitiria que a aparasse, a deixasse rente, espinhenta, com aquele aspecto ao mesmo tempo belicoso e terno.

— Que houve? — ele diz.

— Você precisa ir.

— Já? Você disse que poderíamos ficar até tarde na cama, que só iria trabalhar de tarde...

— Não — ela diz, e se levanta.

Veste a calcinha e cobre-se com o roupão. O tecido atoalhado lhe confere um ar de soberba sem luxo. De requinte também, embora no fundo não o desejasse. Sua intenção era apenas cobrir-se, ocultar-se numa seriedade exigente, não propriamente excessiva. Depois do que acaba de dizer, não se sente mais à vontade para transitar pelos cômodos escuros, vedados pelas pesadas cortinas, vestida só de calcinha, como se fosse propriedade exclusiva daquele homem. Membro a membro, gesto a gesto, retornou ao mundo. Pertence de novo aos recintos e ruas, a quem a olhe por interesse e seja por ela aceito, apesar de sua perna... Ou bem se denuda e afasta as cortinas e abre as janelas, de modo que sol e vento se misturem, ou faz o que acaba de fazer, morta a nudez maculada. Há igualmente, sem dúvida, na obsessão de vestir o roupão, o cuidado de esconder a perna defeituosa, de privá-la da indiscrição alheia, qualquer que fosse ela, mesmo a piedosa, sobretudo esta. Bem por isso, ao trabalho só comparece de calças compridas ou longas saias. Os curtos shorts só se permite em casa, a sós com o menino.

— Que houve? — o homem pergunta mais um vez.

— Nada.

Sentando-se, com certa brusquidão, diante do espelho da penteadeira, ela começa a escovar os cabelos.

— Como nada?

— Nada, já disse.

— Foi o menino?

Ela demora a admitir. Sempre, desde criança, tivera dificuldade em dizer sim, fossem quais fossem as circunstâncias. Era como se traísse a si mesma. Depois que cresceu, descobriu que o motivo não era tão simples, de traição, de subversão: temia o outro, quem estivesse à sua frente a exigir-lhe a resposta. Era como se de posse de sua fala a pessoa fosse surrá-la. E no fundo é o que ocorre, pensa então, as pessoas nos surram e nunca mais somos os mesmos. Lembra-se do casamento. Dissera sim e depois apanhara, não do marido, que ainda amava, mas da vida, da vida ávida, nunca de todo saciada...

— Foi — confirma afinal. — Ele sentiu.

— Como assim, sentiu? — o homem se levanta e começa a se vestir. A atitude dela, de começar a escovar os cabelos, o convencera de que seria inútil persistir na cama, com sua nudez brutal. Quer apenas uma explicação, só isso.

— Sentiu — ela repete, olhando-se no espelho. As primeiras rugas lhe surgiam, desoladoras. No canto dos olhos já se fazem visíveis de longe e a olho nu. Logo abarcarão seu rosto por completo, e ela morrerá como sua avó, com o rosto semelhante a um leito de rio ressequido pela longa estiagem e com um corpo que não passava de um frágil graveto. — Quero dizer que ele pressentiu que você dormiu aqui e sentiu medo.

— Medo? Mas será que sou um monstro...?

— Não. Um homem... E as crianças temem os homens, principalmente aquelas que não têm pai.

O menino chega diante da escola. O prédio antigo resiste entre dois altos edifícios. Não há mais crianças na calçada ou no pátio. O sinal já tocou, e o menino terá que pedir ao segurança e ao inspetor que o deixem entrar. Falará da mãe, que o fez vir, mesmo atrasado. Talvez o levem à secretaria, é uma escola tradicional, de velhos costumes e férrea disciplina. O menino hesita. A mão no bolso acaricia o canivete. Uma coragem repentina o perpassa. Vai se mover, mas:

— Ei, garoto! — ele treme, ao impacto da voz grossa, autoritária. — Não vai entrar?

O menino examina o rosto negro e titânico, que parecia provir do nada, a afastar um sonho.

— Posso? — pergunta, timidamente, e ainda receoso, mas com o rosto aberto num sorriso, os olhos brilhantes, cheios.

— Sim, ainda pode — e o homem negro começa a abrir o portão. Retira a corrente e solta o trinco. O menino passa, e o homem lhe aplica um leve tapa na nuca. — Nem agradece, hein?

O menino se volta. O profuso odor de suor do homem o envolve.

— Obrigado, seu José.

— De nada, filho.

O homem sorri e volta a fechar o portão e passar entre as barras metálicas a grossa corrente. Depois ata com um sólido cadeado as duas pontas e senta num banquinho, meio oculto pelo muro, um desconjuntado jornal nas mãos. Se quem vem pelo lado esquerdo não o vê, quem chega pela direita, em compensação, o surpreende enorme, em toda a sua amplitude.

À tarde ele trocará de lado, pois o fluxo da rua será outro, invertido, de volta, e é preciso que vigie, vigie sempre, mesmo em sonho, à noite, com a mulher ao lado, imóvel e latente como água parada...

Já na sala, lá atrás, entre seus mais íntimos companheiros, o menino exibe pela primeira vez, e abrindo e fechando rapidamente a mão, seu canivete... As exclamações exaltadas dos meninos só param quando a professora exige silêncio.

— Silêncio, sim? — ela repete, pois vive a se repetir.

Há tempo ainda, porém, para que o menino diga, solene:

— Era de meu pai.

Os meninos à sua volta o invejam, e ele sente orgulho de ser invejado. Há em todos a inevitável expectativa de uso daquela lâmina...

De tarde, quando o menino volta da escola e senta à mesa, diante da mãe e do lanche, ela lhe diz:

— Ele foi embora...

O menino a observa, mastigando.

— E não vai voltar, nunca mais, prometo... — ela acrescenta, com um acanhado sorriso.

O menino permanece em silêncio, a boca cheia, a mão agarrada ao copo de chocolate. Não olha a mãe, é como se ela não existisse ou não estivesse ali ou se encontrasse invisível, som apenas. A outra mão, livre, repousa sobre a perna, encoberta pela toalha de mesa. De repente, se mexe, a manga da camisa a tremular como uma triste vela branca na tarde. E vem afinal sobre a mesa, calma, com o canivete, que é entregue à mãe, sem palavras.

MAIS UM IDIOTA

A oficina ficava nos arredores da cidade, à beira da rodovia. Os carros passavam perto, bem em frente, a toda velocidade. Ou se dirigiam a Vitória da Conquista ou saíam dela, não havia outro caminho. Vez em quando um carro parava, o motorista saltava e solicitava algum serviço. Podia ser qualquer coisa: uma roda fora de esquadro, uma marcha emperrada, uma pane na instalação elétrica ou mesmo um defeito mais complexo, que exigia dias e dias de intenso trabalho e compra de peças em cidades da redondeza. Os dois amigos, donos da oficina, se aproximavam então e examinavam o veículo. Antes de qualquer coisa, examinavam o veículo. Depois diziam o preço, sem nem mesmo se acercarem do problema, quanto mais o averiguarem a fundo, tocando-o, no macio volume ferido. Era de certa forma pelo estado do veículo que estipulavam o preço. Muitos clientes reprovavam esse hábito, mas, uma vez que eles eram os únicos mecânicos disponíveis por ali, acabavam autorizando o serviço e, tomados de um receio incômodo, deixavam o veículo nas mãos dos dois e partiam. Em casa, porém, não conseguiam nem comer, quanto mais amar a mulher, acariciar os filhos. Daí, no dia seguinte, bem antes do prazo fixado, voltavam correndo à oficina e de longe ficavam observando, com ar receoso e de mistério, o carro, livre de duas rodas ou com a boca aberta, febril. Quando se convenciam de que tudo ia bem, retornavam para casa. Enquanto isso, entre as rodas ou dobrados sobre o motor, os dois amigos sorriam. E sem muita vontade, num abrir preguiçoso de lábios, um ou outro às vezes comentava:

— Mais um idiota.

Mas às vezes apenas ficavam em silêncio, sorrindo, até que o sorriso se apagava. Os dois não tinham mais que trinta anos e havia pelo menos dez que trabalhavam juntos, ali. A oficina pertencera a um tio de Daniel, que era alto e magro, um pouco curvado sobre si mesmo, de tanto revolver motores danificados em busca de defeitos que na verdade nunca alcançava. Estava gradativamente ficando cego, mas como jamais fora cego não conseguia perceber que estava enxergando cada vez menos e que, se não achava os defeitos, era porque passava por eles sem vê-los. Milano, o amigo, era um pouco mais baixo e não gostava de mexer em motores. Seu forte eram as rodas, os eixos, a lataria, a parte elétrica. No verão, porque suava muito, largava de hora em hora o que estava fazendo e se dirigia ao banheiro dos fundos, e ali, aberto o chuveiro, molhava a cabeça, os braços, o peito, todo o corpo. Era casado, e por isso se acostumara a comer bem e nas horas certas. Mal dava meio-dia, ficava esperando a esposa aparecer na estrada com o almoço. Depois de um tempo já trabalhando com Daniel, pediu à esposa que trouxesse também um prato para o amigo. E os dois passaram a comer juntos, debaixo da amendoeira na entrada da oficina, contando os carros que voavam velozes sob o sol furioso. O meio-dia aceso se movia nos talheres e nos lábios lambuzados de gordura. As mãos negras de graxa e óleo ressequido, e só raramente lavadas antes de se lançarem à comida, pareciam vestir finas e ajustadas luvas. Os olhos, quando não estavam nos pratos, repousavam sobre os carros. De uma forma e outra, ambos se alimentavam.

Uma manhã, pouco antes da hora do almoço, avistaram um homem se aproximando a pé pela estrada. Era negro, com o cabelo longo escorregando em grossos cipós endurecidos. Trazia no ombro direito uma pesada mochila, e na mão livre uma vareta, com a qual espezinhava o mato em volta, à margem do asfalto. Andava devagar, despreocupado, fitando o céu, que naquela manhã era de um azul frágil e sem nuvens. O verão forte soava nos objetos metálicos que a oficina, a cada dia mais cheia, derramava em torno de si. O homem avançou alguns metros e afinal parou, no limiar do portão. Os dois amigos interromperam o que estavam fazendo e olharam o visitante. A jovialidade de seu rosto era evidente, mesmo de longe, e havia em sua expressão a corriqueira doçura de quem chega a um parque de diversões e olha imóvel os brinquedos vazios, à espera, prontos para os sorrisos. Parecia um menino. Também uma menina, por causa do cabelo comprido e da roupa folgada, de mulher, talhada em tecido leve e fugidio. O recém-chegado foi logo dizendo como se chamava:

— Sou Quéli.

Daniel e Milano abriram bem os olhos e tentaram, cada um à sua maneira, encaixar naquele homem o nome que tinham acabado de ouvir. Um silêncio seco costurou a respiração dos três num único ritmo. Quéli olhou com desejo o galpão ao lado da oficina, abarrotado de esqueletos de carros, de destroços de vidas, de ilusões fúteis e infelizmente esmagadas.

— Vocês precisam de ajuda — disse o visitante. — Posso limpar tudo isso, e por pouco dinheiro. Aliás, vocês me pagam quanto e como quiserem.

Os dois amigos olharam o galpão. Saía dele um pedaço gotejante de motor. Também meia dúzia de portas, cuidadosamente imbricadas umas nas outras, como fatias de queijo num prato. No interior do galpão não havia luz, por isso pouco se entrava ali, e por isso nunca se sabia com certeza o que havia em suas entranhas. Na verdade, havia de tudo. O galpão não passava de um armário onde era jogado um pouco de tudo, de cada coisa inútil.

— E quem disse que queremos um ajudante? — provocou Daniel, limpando os dedos com uma estopa imunda.

Quéli deu dois passos e atravessou o portão. Depois, desviando-se um pouco, andou resoluto até a carranca de destroços metálicos. Como a oficina, em relação ao galpão, era recuada, ele saiu do campo de visão dos dois amigos, e estes tiveram que abandonar seus lugares para continuar a vê-lo. Mas, ao fazerem isso, perceberam que o visitante tinha desaparecido, atravessado os destroços. Então correram afobados e por pouco não se chocaram com Quéli, que voltava de uma rápida conferência com toda aquela sucata no interior do galpão, um sorriso elástico nos grossos lábios e o olhar estranhamente tinto.

— Vocês não precisam aceitar, se não quiserem. Só tô me oferecendo. Mas vejam só como vocês tão perdendo espaço. Neste galpão cabem pelo menos três carros.

— Sim, e daí? — desafiou Milano.

— Vocês podem pegar mais serviços, melhorar a oficina. Posso até ficar com vocês, ajudando. Tenho tempo — e disse isso com alguma pretensão, como se ele fosse algo mais do que um simples viajante.

— Sei... — Daniel sorriu.

Como o pintor que observa o que acabou de pintar, e vai recuando, recuando, de costas, os olhos na tela, Quéli se mexia, olhando fixamente o galpão e o trabalho que teria nos próximos dias, se os caras o aceitassem na oficina. Trabalho duro.

— Bem, vamos supor então que a gente queira, sim, que a gente queira — Milano começou, olhando o companheiro —, qual seria o seu preço? — Era visível que a pergunta de Milano tivera origem no ar de assentimento já estampado no rosto de Daniel.

Quéli, durante um curto tempo, nem falou nem se mexeu. Pelo visto, pensava, fazia contas, fixava seu preço. Era isso que os dois amigos imaginavam, vendo-o ali, imóvel, como que esquecido deles e da pergunta. Um mar infinito e escuro se derramava de seus olhos. Parecia feliz e, ao mesmo tempo, tácito, cruel, capaz de alguma atrocidade.

— Não tenho preço — disse finalmente. — Vocês me dão o que quiserem. Tô de passagem, não vou a lugar nenhum por enquanto, apenas ando, numa direção hoje, noutra amanhã. Só que vi isso aqui — e apontou o galpão —, vi que podia ganhar algum dinheiro, se parasse por um tempo. Depois retomo meu caminho. Vocês que sabem, me dêem um dinheiro justo, que vocês mesmos gostariam de ganhar, se fizessem o mesmo serviço. É, façam isso.

Quéli começou a trabalhar naquele mesmo dia, à tarde. Do outro bloco da oficina, ocupados em suas tarefas, os dois amigos viam os objetos desabarem com um ruído surdo no terreiro endurecido e vermelho, sempre malhado de úmidas manchas de óleo. Quéli lançava tudo no ar. Os objetos menores e também os maiores, bem mais pesados. Viram passar portas, jantes, quilos de placas envoltas em corda, e a tampa de um capô, o pedaço de um teto de Fusca, um banco dianteiro, dezenas de pneus. A força do negro era inacreditável, erguia tudo e jogava sobre os ombros no terreiro vazio, sem nem se voltar para ajustar os músculos, medir o arremesso. Houve um momento em que Milano abandonou o que estava fazendo e se postou em frente ao galpão. Os objetos passavam perigosamente sobre sua cabeça, o que o obrigou algumas vezes a se abaixar. Lá dentro, numa profusão ensurdecedora de ruídos, o negro escavava. A claridade externa, da tarde que declinava, ofuscava o recinto, de um negror já rijo, e que a noite, iminente, só iria acentuar. "Esse cara é louco", Milano pensou. Não avistava o negro, só o ouvia, revirando coisas, se desfazendo de outras, quebrando-as às vezes, num ímpeto de resignação e diligência. "Por que se guarda tanta coisa inútil, mesmo numa oficina?", era o que seus gestos pareciam querer dizer e lançar para fora, sobre a cabeça de Milano, que logo se cansou de observar aquela movimentação caótica e voltou ao trabalho.

— Esse cara é louco — disse para Daniel, pegando uma chave e começando a desatarraxar uma porca no corpo do motor do carro, de boca aberta.

Daniel esticou o pescoço e olhou, com assombro, o vôo momentâneo de um velho volante preto, de Passat. O seu Passat, que ele bateu, estragando-o todo, e do qual só guardou aquele volante, talvez como lembrança, mas talvez como aviso para não mais dirigir como dirigiu, louco. E Daniel disse:

— Mais um idiota.

— É, pode ser, mas ele tá fazendo uma verdadeira faxina lá dentro. Não vai sobrar nada, e, se sobrar, será só como exemplo para o nosso relaxamento. Ou seja: de maneira organizada, em locais que não impeçam o trânsito, não fechem a entrada do galpão. É incrível, mas foi preciso chegar alguém desconhecido para nos mostrar o que todo o tempo esteve aqui, bem diante do nosso nariz.

E depois de uma pausa reflexiva, acrescentou:

— Mas mesmo assim ele é louco.

— É, talvez seja — concordou Daniel.

Um pesado motor de caminhão tinha acabado de aterrizar sobre o monte de tralha metálica e empoeirada. Ficou um tempo no topo do monte, mas logo se inclinou e, sem equilíbrio, caiu, produzindo um som ensurdecedor. Outros objetos, visivelmente abalados, o seguiram, numa avalanche de fragor hostil aos tímpanos e de cujo meio um débil odor de outra época se desprendeu, cortando o ar. Os dois amigos tamparam os ouvidos. Os vidros de uma porta se partiram, e um painel plástico, aparentemente novo e reutilizável, ao cair, libertou-se de seus acessórios. Aqueles que tinham uma forma esférica, ou quase, rolaram pelas cercanias do monturo, como brinquedos. Um, inclusive, foi muito longe, até bem perto do portão. Um espesso e deformado eixo, agora, após um curto vôo, fincou-se sobre tudo, como o esquecido mastro de uma bandeira. Por último, veio voando um banco traseiro, talvez de Maverick, e, enorme, largo, estacionou aos pés do monturo. Quéli deixou o galpão e sentou, sem camisa, no banco cheio de buracos que expunham o estofo branco e algumas molas. Seu rosto e todo seu corpo banhavam-se de um suor luminoso. Ele olhava inexpressivamente, para além do portão, a paisagem azul se transformando. Uma vermelhidão violenta começava a riscar a superfície curva e escorregadia do céu, como um gato que silencioso passeia num telhado. O sol se permitia falhar, às vezes, quando encoberto pelas nuvens, que um vento espiral, e mais frio que nos outros dias, misturava desdenhosamente. Quéli fechou os olhos e descansou.

— Também é forte, muito forte — Milano acrescentou, baixo.

— É.

••

Na tarde do dia seguinte, um caminhão parou diante da oficina. Três homens desceram e começaram a puxar toda a tralha evacuada do galpão. O próprio Quéli orientava o serviço. Dizia: "Primeiro os objetos maiores, depois os menores". Todo o tempo dizia isso, até que um dos carregadores se aborreceu e perguntou por que não poderia ser o inverso, ao que Quéli, com firmeza, respondeu: "Em toda estrutura a base deve ser larga e sólida, objetos pequenos por baixo deixariam este monte bastante frágil, com o trepidar do veículo".

Perto, observando toda a movimentação, Daniel e Milano se entreolharam. Mais que nunca o cara parecia maluco. Ninguém que esteja transportando destroços se importa com isso, em pôr objetos maiores embaixo e menores em cima. Tudo é ferro-velho, e inútil. Tudo é entulho ocupando espaço e só por isso é removido.

Quando o caminhão finalmente ficou cheio, Quéli pulou para a carroceria e se juntou aos carregadores. Foi com eles conversando, enquanto o caminhão se afastava. Daniel e Milano ficaram algum tempo observando o veículo, parados à entrada da oficina. Quando o perderam de vista, entraram e retomaram o trabalho. Naquela tarde Quéli não voltou. Os dois o esperaram até às sete horas. Queriam falar com ele, saber mais alguma coisa a respeito de seus planos. Por exemplo: que fora feito de todo aquele troço que ele removeu do galpão, se foi vendido, se conseguiu algum dinheiro com tudo aquilo... Daniel e Milano queriam saber. Tinham direito. Direito de ciência e participação em qualquer fundo obtido. Ou será que Quéli queria ficar com tudo? Em momento algum, porém, passou pela cabeça dos dois que o negro pudesse ter ido embora. Não cogitaram isso, nem o cogitariam, mesmo que Quéli desaparecesse por vários dias. Confiavam nele como se confia num velho, ou num menino. Na verdade, Quéli era para eles um menino. E um menino não trai, não engana.

— Ele não vem — observou Milano.

— É, parece que não — concordou Daniel.

Em seguida, fecharam a oficina, subiram no velho Jeep e tomaram a estrada na mesma direção em que Quéli se fora. Ao volante, Daniel pensou que, se avistasse o caminhão emborcado na estrada, com todos os seus ocupantes mortos, espalhados pelo asfalto, não ficaria nem contente nem deprimido. Pouco lhe importava o destino de Quéli. Era apenas um negro, um negro que apareceu e lhes ofereceu suas mãos, seus braços. Um negro inteligente, vivo e forte, muito forte. O mais forte que Daniel já encontrara. Faria falta sua força. Mas que fazer? A vida engole, não é engolida. Além do mais, ele era maluco, bem maluco, com aquela doideira, aquela mania de lançar as coisas sobre a cabeça.

Quéli só reapareceu no sábado, pela manhã. Estava dormindo na oficina, quando Daniel e Milano chegaram. O aspecto de seu rosto era o de alguém que bebeu a noite inteira e não se deu ao trabalho de morder nem ao menos um biscoito. Tinha olhos de fome, lábios de sede, expressão de dor. As roupas estavam amassadas, com vincos endurecidos pela noite maciça, e uma porção de manchas, meio úmidas, meio ressequidas de poeira, nos punhos e nas mangas. O cabelo continuava o mesmo, um ninho de cimento que ainda resistiria muitos anos até se tornar quebradiço.

— Foi boa a farra, hein? — Milano o provocou.

Erguendo-se um pouco do chão, Quéli enfiou a mão no bolso e extraiu dali um maço de dinheiro. Separou as cédulas em três montes iguais. Entregou o primeiro a Daniel, o segundo a Milano e o terceiro devolveu ao bolso. Depois voltou a dormir, na esteira fina que lhe serviu de cama durante toda a noite. Os clientes chegavam com seus carros e o avistavam lá, entre os dois amigos, que trabalhavam duro e contra o tempo, curto, devorador. Nem estes esclareciam nada, nem aqueles perguntavam. Era mais do que normal um homem dormindo, ao passo que outros trabalhavam. No horário de almoço, enquanto raspavam suas marmitas, os dois amigos contaram o dinheiro. Um valor bem superior àquele que ganhavam regularmente, numa semana de trabalho. E juntando à quantia que haviam arrecadado durante a semana, dava até para pensar numa extravagância. Alheio à conversa, Quéli continuou dormindo, inerte, numa posição única, de bruços, com o rosto enfiado nos braços. Nem à noite, quando os dois amigos se foram, ele acordou. O barulho do portão de ferro batendo, e do enorme e pesado cadeado sendo trancado com indisfarçável irritação, apenas o fez virar a cabeça.

O domingo Quéli passou trabalhando no galpão. Daniel e Milano nem chegaram perto. Receavam ver o que o negro havia feito, em dois dias, com o que eles acumularam em quase dez anos de descaso. Ouviam, contudo, os ruídos, as batidas de martelo, o som ora estridente ora abafado de um motor fraco, suave, como asas de pequenos pássaros. Não trabalharam à tarde, e quando foram embora deixaram Quéli lá dentro, ocupado com seu ruidoso trabalho. Mas quando retornaram, na segunda-feira pela manhã, imediatamente notaram o desaparecimento de Quéli. O galpão estava fechado. Uma grossa corrente atravessava duas argolas novas, de metal, unida nas pontas por um imponente cadeado. Os dois amigos se entreolharam um instante e depois, conformados, se puseram a trabalhar. Tinham prometido entregar dois carros aquela manhã e não queriam deixar de cumprir a promessa. Por mais que o desaparecimento de Quéli ocupasse o pensamento de ambos, trabalharam com concentração e afinco. Mais tarde, os carros finalmente ficaram prontos, mas os donos não apareceram para retirá-los. Durante três dias Quéli também não apareceu. Sexta-feira de manhã, no entanto, lá estava ele, deitado na esteira. A cena do dinheiro se repetiu. E ele voltou a dormir.

Veio então o sábado, e com os bolsos forrados de dinheiro os três saíram juntos. Vagaram a pé pela cidade, sob o frio brando, de lâmina cega que já não corta, mas ainda assim incômodo. Daniel e Milano estavam pesadamente agasalhados, mas Quéli não: a roupa era a mesma de quando chegara, dias antes: leve, folgada, esvoaçante, meio que de mulher. E assim mesmo o negro não sentia frio. Além de negro e forte e maluco, capaz de estranhas e acertadas idéias, também era insensível ao frio, não tremia, não batia queixo, não se arrepiava, não se encolhia. Era sempre o mesmo, no frio ou no sol, inteiro e compacto, consistente, volumoso. Nada o abalava, nem o vento que de repente começou a soprar. Um vento virulento, e rápido, que arrancou o copo plástico quase vazio da mão de Daniel e o atirou na rua. Quéli parou e ficou olhando o céu imenso e fugaz, abarrotado de nuvens.

— Não é uma boa noite, esta, não há estrelas visíveis, estão todas encobertas — disse, grave —, mas este vento, se continuar, pode fazê-las aparecer. Tomara.

— Sim, e daí? — Milano perguntou.

— Poderemos ver as estrelas — Quéli explicou.

— Ver as estrelas? — Daniel sorriu.

— É — o negro confirmou, complacente e natural.

— Você é maluco!

— É, mais um idiota, sem dúvida — acrescentou Milano.

Quéli não se importou com os insultos. Continuou andando, o copo na mão, alheio ao frio. Vez em quando olhava o céu, num movimento circular, de compasso, que subia do horizonte ao norte, deslizava pelas nuvens e afinal chegava à linha oposta, ao sul. A seguir, parado em plena rua, ele executava um quarto de volta e repetia o movimento anterior, de leste a oeste, ou vice-versa. Varria amplamente com o olhar o céu, e com isso pareceu aos dois amigos que o negro procurava, entre as nuvens, alguma coisa obscura, um ponto recôndito e luminoso que só ele veria, pois só ele sabia de sua existência, só ele o procurava.

Mais tarde, parados num bar, Quéli de repente perguntou, como se despertasse:

— Onde tem aqui uma cartomante?

— Cartomante? — estranhou Daniel.

— É.

Os três bebiam e apreciavam o escasso movimento da rua.

Ventava. Embora com menos força. Um automóvel cheio de jovens passou fazendo algazarra. Os caras gritavam e as garotas riam. Uma garrafa se espatifou na calçada, e dois ou mais estilhaços invadiram o bar, em sons finos de uma arrojada música. Milano apanhou um deles e cheirou. Vinho.

— E do bom — comentou.

Quéli se levantou e se arrastou até a calçada. Olhava o céu, que estava mais limpo, com poucas nuvens agora e que pouco a pouco iam se diluindo, cada vez mais tênues, cada vez mais translúcidas.

— Tem uma cartomante por aqui? — ele perguntou de novo, voltando-se para dentro do bar, para os dois amigos.

Daniel e Milano se entreolharam mais uma vez. Desde que o negro aparecera, era tudo o que faziam: coincidiam brilho a brilho, forma a forma, susto a susto, num mesmo gesto, dos olhos. Buscavam auxílio um no outro, e agora, naquele exato momento, uma explicação plausível para aquela estranha insistência: cartomante... O que se pode querer com uma cartomante às duas horas da madrugada e com a cabeça leve de álcool e os olhos voluntariamente perdidos no céu, entre nuvens, em busca de algum mistério, de uma estrela escusa? Era demais, o negro era mesmo maluco.

Como os dois amigos não respondessem, o dono do bar interveio, um sujeito de meia-idade, ainda magro e de farto bigode que lhe tomava toda a cara e às vezes falava por ele, dava-lhe ordens. Sua voz cava parecia cansada:

— No Recreio, três quadras adiante, tem uma. Mas não sei se ela está.

— Uma cartomante? — Quéli se certificou, gritando em direção ao homem.

O sujeito expeliu um muxoxo. Depois balançou a cabeça e soltou alto, quase num grito:

— NÃO É O QUE VOCÊ QUER?!

Era. E Quéli saiu apressado, quase correndo. Milano, Daniel e o dono do bar se deslocaram até a calçada e ficaram observando o negro se afastar. Ia sempre em frente, em linha reta. Mal se desviava dos poucos pedestres, em geral bêbados ou jovens em grupos, eufóricos. Quem o avistasse diria que ele corria do frio que se intensificava ou de alguém, algum perseguidor cruel e invisível. Jamais admitiriam que, se afastando daquela maneira, ia ao encontro de uma mulher, e uma mulher que apenas leria sua sorte, só isso. Uma mulher que não teria sobre ele nem por baixo dele. Uma mulher diante de si e afeita a sua expectativa, apenas isso, e abrindo a boca, falando, sorrindo, por dinheiro.

••

Quéli não voltou mais, e horas depois os dois amigos deixaram o bar. Mas não foram embora. Estavam meio bêbados, não conseguiam pensar direito ou pensavam além da verdade dos fatos. No caminho, decidiram ir à oficina e arrombar o galpão. Acreditavam que ali dentro estava o segredo de Quéli. Estranho negro. Jamais tinham visto um igual. Nem rico nem pobre. Os negros que conheciam poderiam ser tudo, menos extravagantes. Jamais sairiam correndo na noite em busca de uma cartomante, jamais ficariam olhando o céu à procura de uma estrela de duvidosa existência... A vida, para eles, e pelos motivos que todos conhecem, precisava ser mais simples.

A oficina estava às escuras, e eles sentiram medo. Não se lembravam de ter ido ali algum dia assim tão tarde. O vento sacudia as telhas com um barulho frio e macabro. Milano foi à caixa de luz e acendeu todas as lâmpadas. Um gato, que às vezes aparecia por ali e era enxotado por muito clientes que se encontravam na hora, impacientes e irritados com a demora dos serviços em seus carros, ergueu a cabeça, o corpo acomodado a uma roda solta, perto de um veículo todo desmontado, e despejou na noite um longo e sonoro gemido. Daniel andou até o animal, se agachou diante dele e o acariciou no dorso quente. O gato se cobriu de uma terna languidez, apesar da mão excessivamente pesada, alcoolizada.

— Você quer mesmo arrombar a porta do galpão? — Milano perguntou, de longe, ainda perto da caixa de luz.

Daniel se voltou na direção do amigo e ficou em silêncio. Fariam muito barulho se arrombassem a porta, e nas condições em que se encontravam o silêncio era bem mais atraente, bem mais cômodo. Então Daniel balançou a cabeça negativamente e continuou a acariciar o gato. Milano arrastou-se até onde eles estavam e sentou numa segunda roda. Por alguns minutos só se ouviu o deslizar túmido da mão de Daniel sobre o pêlo do gato. Mais nada. Mesmo o vento havia amainado. As telhas atravessavam, em paz, sua existência conformada em rugas.

Então, de repente, o corpo de Quéli se perfilou na soleira do portão. O vento vinha com ele, sacudindo-o. Suas roupas tremulavam no ar, como soltas e esquecidas bandeiras. Depois de parar um instante, ele se deslocou para a frente, com passos indecisos e tensos, mas afinal se aprumou, firmou as pernas o melhor que pôde, e se dirigiu ao galpão.

— Vou embora — disse, de costas, sem se deter e sem nem ao menos voltar o rosto, de modo que as palavras viajassem mais livres, sonoras e afáveis.

Ao atingir o galpão, tirou do bolso as chaves e abriu o cadeado. Os dois amigos e o gato não mais o observavam. Era impossível. De onde estavam só ouviam o ruído da corrente e das argolas. Se quisessem vê-lo, teriam que se mover alguns metros para a frente, e para isso, naquele momento, seria preciso disposição, coragem. E isso não possuíam mais, pelo menos até talvez a manhã, com o sol já alto. Se ameaçados, em perigo, talvez se movessem. Mas não era o caso, por enquanto.

Os ruídos metálicos dentro do galpão voltaram a repercutir, sonoros, eloqüentes, como dias antes, no início dos trabalhos de Quéli. Ao que parecia, Quéli estava trabalhando. "Deus, às quatro horas da manhã", Daniel pensou. "Que negro!" Os minutos passaram, vazados de ruídos. Era como se uma grande e complexa máquina estivesse sendo montada ou acionada. Inclusive, por um instante, o gato e os dois amigos pensaram ter ouvido um barulho de motor, suave, bem lubrificado. Mas tudo não durou senão um instante, o que proporcionou a eles mais dúvida que certeza, e alguma desconfiança em relação à sua sanidade mental, deles. Como um motor àquela hora, e por quê?

Então alguma coisa concreta se alterou no decurso daquela noite. Quéli saiu do galpão, envolto numa grande máquina. O mecanismo revestia seu corpo como, séculos antes, as asas de cera moldaram o físico de Ícaro. Daniel e Milano, de pé, estavam boquiabertos. O gato nem tanto, parecia acostumado a coisas piores, mais exóticas e engraçadas, ou mesmo estúpidas. Séculos de diferenças com cães e ratos tinham-no dotado de uma quase instantânea compreensão do acaso, do novo.

O mecanismo, impulsionado por pedais que as pernas de Quéli vigorosamente moviam, deslocava-se no terreiro, com um barulho de chocalho índio, porém mais alto, bem mais alto, e frio. Daniel e Milano se moveram de seus lugares em direção à máquina. Antes que a atingissem, porém, perceberam que Quéli lhes voltava o rosto e falava qualquer coisa. Ensurdecidos pelo barulho, foram obrigados a parar para ouvir o que ele dizia. O vento voltara, forte, seco. Movia pano e cabelos, esvaziava os olhos.

— Vou embora, a cartomante mandou, disse que é a melhor noite...

— O quê?! — os dois amigos gritaram, quase ao mesmo tempo.

O gato miou lá atrás, numa espontânea e cômica interferência. Talvez fosse um aviso, ou a explicação de tudo, ou apenas um entusiasmo. O certo é que ninguém lhe deu ouvidos, ninguém se voltou para fitá-lo e lhe exigir palavras, e ele então se calou.

Quéli aumentou tanto o tom de voz, e empregou tanta força aos pulmões, para se fazer entender, que as palavras trovejaram em meio ao vento e ao ruído da estranha máquina que revestia seu corpo:

— VOU EMBORA, A CARTOMANTE MANDOU, DISSE QUE É A MELHOR NOITE. DESCULPEM!

A máquina atravessou o portão e enveredou pelo acostamento da rodovia deserta. Havia um desnivelamento: o terreno do acostamento era um palmo mais alto que a pista, de lisa superfície cinza. De vez em quando as rodas resvalavam da terra para o asfalto e com o atrito soltavam faíscas. Houve então a interseção: barro e asfalto se encontraram num mesmo nível. Como se já esperasse por isso, Quéli aumentou a velocidade. Pedalava com força, uma vontade bárbara. Atrás vinham correndo

Daniel e Milano. Também o gato, mais lento, porém, aos saltos, maciamente envolto numa compreensão infinita, só dele. Os dois amigos corriam, mas não sabiam por que corriam, não tinham consciência. Assim correm os cães atrás dos carros, e as crianças atrás de qualquer coisa que brilhe e emita som...

Acima do ruído áspero dos pedais, em frenética movimentação rotativa, emergiu o som abafado e quente de um motor. Os dois amigos até então não o tinham visto. Perceberam-no só quando a dupla hélice começou a rodar, vaga, hesitante. Em seguida, o motor sofreu uma forte aceleração e, como um tuberculoso que tosse, que tosse e se sacode num canto da rua até cuspir sangue, lançou a máquina para o alto, num impulso brusco, junto com seu usuário. As rodas tocavam o chão e subiam, voltavam a tocá-lo e logo se erguiam de novo, para novamente descerem quase para sempre, de uma vez por todas, embora o veículo, mesmo esquisito e desequilibrado, se mantivesse no ar, planando, com sua frágil armadura, suas finas asas. Por fim as rodas se elevaram vários centímetros e não mais voltaram a tocar o chão. A máquina aos poucos foi ganhando altura, aos poucos foi se afastando, no céu, agora limpo, túmido de estrelas. O corpo de Quéli, horizontalmente envolto pela máquina, esticado e acomodado como nunca esteve, em nenhum lugar, nenhuma cama, com ninguém, foi desaparecendo, desaparecendo, desaparecendo, como se partes dele e da máquina pouco a pouco se desprendessem, livres, em invisível queda. Logo não eram mais perceptíveis, eram só uma remota mancha que o olhar, como se houvesse fitado por muito tempo uma lâmpada acesa, prolongava. E outra vez a noite se apagou, para tudo e todos dentro dela.

O INÉDITO DE KAFKA

Esta é uma cidade pequena. Aqui dois homens podem se ver várias vezes sem necessariamente se encontrar. Basta que andem naturalmente nas ruas, que não se encerrem em seus automóveis. Para cada homem que ande há outro que igualmente anda. Há dois que sempre andam e se vêem um ao outro em meio à multidão, nestas ruas estreitas e sujas. E nenhum some, ou se perde em algum labirinto. Não há labirintos nesta cidade. Há só homens, que andam e se vêem, separados por uma distância nem curta nem desmedida. Não podem esticar o braço, mas em todo caso não precisam correr um para o outro, como amantes movidos pelo desejo. Vêem-se por segundos, só o suficiente para se reconhecerem. E que cara fariam se além de simultâneos e constantes, e óbvios na manhã, se vissem de súbito tão parecidos e até iguais! Talvez um sorriso mútuo, simétrico mesmo, como num espelho, exatamente paralelo como só nessa superfície lunar e plana é possível, lhes marcasse a face. E sorrir não seria tudo, eles tentariam falar. Mas a distância, o trânsito inserido nessa distância, e o resto, que é vário e mal pode ser definido, não o permitiriam. E eles iriam embora, sem se esquecerem. Mas passado um tempo não saberiam se tinham se visto realmente ou sonhado ou imaginado um ao outro. Num tempo de repetições monótonas, o humano exatamente igual ainda impressiona. Mesmo porque, se um é, o outro o é em cópia... Ou então ambos são sombras de um terceiro e sempre o mesmo, e que poderíamos chamar assim, imprecisamente: o real-real.

• •

Naqueles dias eu nem pensava nisso, neste suposto real-real. Tampouco que pudessem existir cópias, uma série irreal de sombras, de homens-sombras. Eu era uma pessoa comum que vivia uma vida comum de maneira comum, com um trabalho comum, numa empresa comum. Trabalhava, mas sabia que um dia deixaria de trabalhar: todas as pessoas deixam um dia de trabalhar. Isso não é uma regra, é um termo, um fim em si, queda num lago onde mais cedo ou mais tarde alguém vai cair, tem que cair, pois suas águas não podem se manter por tanto tempo tão plácidas, por tanto tempo tão frias, sem um corpo. Eu costumava, então, gastar todo o dinheiro que ganhava, aproveitar ao máximo meu trabalho, a vida. Esquadrinhava a pé toda a cidade, esvaziando os bolsos. E freqüentemente era confundido:

— Você não é...?

— Não.

Não era mesmo. O mesmo visto em mim era outro. E mesmo de barba, o rosto literalmente mudado, gordo, ainda assim eu era confundido:

— Você não é...?

— Não.

— Como não?

Se dissesse sim, o que me aconteceria? Para onde seria levado? Por que crimes seria punido? Um dia eu ia ter de assumir que era igual. Pelo menos isso. O que evidentemente não seria assumir os atos do outro. No entanto, esta possibilidade existia: de assumindo a paridade, partilhar as atitudes, ser cúmplice ou ser o próprio executor dos atos, responder por qualquer deslize.

— Isso pode ser perigoso — Júlia me dizia, nua na cama, ao meu lado.

Lá fora os automóveis corriam aos seus pares. Ruidosos, impacientes. Vez em quando uma buzina soava. Também um grito, o que me incentivava a supor que houvera um atropelamento.

— Eu sei, já pensei nisso muitas vezes.

Passei a esperar de meu igual um momento decisivo. O instante em que ficaríamos frente a frente. Eu lhe pediria explicações, e ele também as pediria a mim. Pois eu não conseguia concebê-lo senão como meu exato reflexo. Talvez até nos fosse difícil falar. Ao abrir minha boca, ele abriria também. E vice-versa. Então nenhum dos dois falaria. Um esperaria o outro, um respeitaria o outro, e só o silêncio seria ouvido. E mais este reconhecimento íntimo: a virtude (ou defeito) tantas vezes elogiada (ou combatida) nele e em mim: de silenciar, de ouvir, de esperar, de envelhecer à margem das bocas. Mas tudo isso eram projeções, suposições: eu nunca vira meu igual. Vivia com ele, mas sem ele, longe.

••

Eu tinha minhas manias. Colecionava coisas, estranhos objetos, discos antigos, caixas de fósforos. Era outra maneira, ainda mais disparatada, de escoar o dinheiro ganho. Quando estava de folga, eu corria às lojas, em busca de novas aquisições. Livros exóticos também me atraem. Mas só os exóticos com algum diferencial. Mantenho um nicho na estante só para eles. Não vão além de vinte ou trinta volumes. Às vezes, uma aquisição que no início me parecia singular se mostra mais tarde comum, então a descarto. Muitos livros acabaram assim, no sebo ou nas mãos de amigos, como antipáticas gentilezas fora de época. Os poucos livros que guardo são capitais e inefáveis. Não poderia descrevê-los, mal poderia mencioná-los, tão estranhos me parecem, tão leves, tão voláteis. No nicho especial em que os guardo eles ficam, à disposição dos olhos. Quem quiser que os veja, que os toque. Lê-los já é outra coisa. Não sei quantos o podem, quantos o devem, sem correr o risco de não ler jamais qualquer outro texto, de outra natureza. Foi o que aconteceu comigo. Se não há exotismo, não há leitura. Há busca, apenas: um dia, um mês, um ano inteiro virado ao avesso, persigo um extravagante texto...

Numa dessas buscas, me surpreendi numa livraria onde um amigo disse ter visto, havia poucos dias, um inédito de Kafka, em francês.

— Em francês?

— É. Você lê francês, não lê?

Lia. E logo me ocorreu a idéia de traduzi-lo. Mas sem nenhuma intenção de publicar, apenas por capricho, por exercício. Mesmo porque eu não era nada, não era ninguém, e nenhum editor se interessaria por minha tradução. E de qualquer modo a edição brasileira já devia estar a caminho, sempre está, sempre tem alguém que faz antes de nós o que pensamos fazer. Nossa sombra, boa parte do tempo, anda à nossa frente. É a verdade. Quando vem atrás, o que não deixa de ser comum, é para nos ultrapassar a qualquer momento, na primeira chance.

A loja ficava no recém-inaugurado anexo de um *shopping center*. Não era só livraria, era loja de discos, vídeo, e ainda mantinha, no mezanino, uma exposição permanente de quadros e esculturas de desconhecidos artistas locais. Não fui direto ao livro, não quis falar logo com nenhum vendedor a respeito dele: era só um livro, se bem que exótico, como o próprio Kafka. E aconteceu que, quando atravessei a porta de vidro e entrei na loja, tive a sensação ou a intuição, não sei, de que algo em mim estava se alterando. E então, passando entre as cheias estantes de compactas prateleiras, subi ao mezanino. As pinturas e esculturas não me disseram nada. Vi-as por ver, como o olhar naturalmente passeia sobre cada objeto do ambiente. E estava diante de um tolo labirinto cromado e sem profundidade, quando uma mão pousou em meu ombro:

— Seu livro, senhor!

Me voltei e encarei o proprietário da voz, um vendedor. Ele me estendia, nas mãos juntas e firmes, o exótico inédito de Kafka. Sob o exemplar em perfeito estado, novo, branco, brilhante, o saco plástico com o logotipo da loja e a nota de reserva de mercadoria. O valor era irrisório. Não pagava nem um zero dos minutos de prazer que eu desfrutaria até o fim de minha vida.

— Mas eu... — tentei falar, e de pronto fui interrompido pela voz fina do homem, voz de pássaro, de solicitude e educação comerciais:

— O senhor escolhe a forma de pagamento: cartão, cheque ou mesmo dinheiro. Leve ao caixa e tenha uma boa leitura.

O vendedor me entregou o livro e imediatamente voltou ao seu trabalho. O inédito de Kafka era meu. Mas outra coisa também me pertencia, uma certa confusão: o inédito de Kafka não fora reservado por mim, mas estranhamente acabara de me ser entregue. Desci do mezanino e fui ao caixa. Uma jovem mulher me atendeu e, enquanto eu preenchia o cheque, me olhou insistentemente, como se me conhecesse. E estava sorrindo, me olhando e sorrindo. Não fui tão audacioso a ponto de lhe perguntar o que vira de tão engraçado em mim. Estaria eu com os óculos invertidos? Ou mesmo com os próprios olhos invertidos, ou separados demais, ou por demais juntos, gastos? Ao receber o cheque, a mulher disse:

— Li, eu li.

Olhei-a com gravidade e interesse.

— Agradeço ao senhor o maravilhoso dia que passei com o livro que me recomendou.

Sem conseguir evitar a palidez e hesitação do assombro, respondi, meio inseguro, extraviado, como se tateasse na escuridão:

— Tudo bem... não foi nada... foi na verdade um prazer...

— E como foi! — ela exclamou e deu entrada na caixa registradora com meu cheque. Entregou-me a nota autenticada e novamente agradeceu a indicação do livro. Desta vez apenas lhe sorri, um sorriso frio e desconcertado, mas ainda assim amistoso. Quando já ia me afastando, tive uma idéia, que fui obrigado a ornar com uma necessária carga de ficção:

— Senhorita, sei que gostou da leitura... sua exaltação não deixa dúvida quanto a isso... mas só um teste me garantirá que o livro marcou de fato sua vida...

Ela me olhou animada, e a abertura estreita de seus lábios me assegurou que ela se mantinha sob expectativa. Os clientes circulavam pela loja, observados e assediados pelos vendedores.

— Por favor — continuei —, me responda, é muito simples, e se a leitura foi assim como disse, tão prazerosa, você nem sequer hesitará: qual o título do livro que leu? e quem é o autor?

A garota abriu um largo e úmido sorriso e disse, sem nenhuma hesitação:

— *O estrangeiro*... Albert Camus...

Agradeci com um indisfarçável sorriso de satisfação mesclado a perplexidade e lhe dei as costas. Eu estava realmente espantado. Do lado de fora, olhei uma última vez para ela por trás da vitrine, e ela continuava sorrindo e me olhando. Dois clientes exigiam no balcão o direito de pagar o que compraram. Me afastei quase correndo e deixei o *shopping*. Havia na cidade alguém muito mais que parecido comigo. Alguém igual a mim de fato, um mesmo em aparência, gosto literário, preferência por este e aquele autor, ações, gestos. Alguém justo o que sou, capaz de solicitar reserva do livro que pretendo adquirir; e também sugerir, como leitura edificante, a uma jovem funcionária de livraria que mal leu alguns fúteis clássicos brasileiros e portugueses, a leitura de um certo autor e certa obra que eu, sem pensar duas vezes, se intimado a sugerir, não só sugeriria como lhe traria o volume reserva, que guardo exatamente para ocasiões como esta, e que por isso está tão velho, tão gasto, tão manuseado, com a capa já perdendo a fina película impermeável. Era assustador. Tremi só de pensar um dia encontrá-lo cara a cara, como se me descobrisse um espelho mais fundo e exato, e nele minha imagem, sem qualquer gesto de minha parte, me acenasse, me cumprimentasse, naturalmente, por vontade, e com certa alegria, uma franca comoção.

••

Um segundo e singular episódio me pôs no encalço do meu igual. Um homem com certas manias só existe um; ou não é um homem, é uma cidade, uma humanidade. Pois minha mania mais estranha, aquela que logo após cometer me envergonha e deprime, nem mesmo ela era mais uma exclusividade minha. Pertencia também a outro, que a executava tão bem como eu e talvez, como eu, ficasse deprimido, abatido, embotado por longas horas. Marcavam-no a vergonha da súbita e ampla consciência oriunda do ingênuo ato finalizado e o desânimo de, após ele, reconhecer-se assim quase um louco, o que de alguma forma é admitir a loucura e ao mesmo tempo afastá-la. Que louco é consciente de seu estado e atravessa por vontade os portões do hospício e entra e se deita e espera o inútil tratamento, a inútil morte? Alguém praticava minha mania, e pior: com igual intensidade e fanatismo e entrega.

Brita. Recolho brita da frente das construções, encho um balde e me desloco a alguma praia distante. Lá, fustigado pelo vento e pelos salpicos de água salgada, passo mais de uma hora atirando pedras ao mar. Mal o balde fica vazio, eu o enterro na areia, mas antes me certifico de que ninguém está olhando. Se vejo alguém, encho o balde de água salgada e volto para casa. No prédio, esvazio o balde no vaso do banheiro do zelador e subo ao meu apartamento. Há quase uma centena de baldes plásticos enterrados naquela praia e em outras. Não lembro como surgiu em mim esta prática, assim como não lembro nada dos meus primeiros dias de vida. Como esta parte de minha infância, a mania me pertence tão fundo, com tamanha entrega e expansão, que é como minha respiração constante, o piscar contínuo e imperceptível de meus olhos, o bocejo súbito e irrefreável de meu sono. Está em mim desde sempre, desde a primeira claridade. Se sua manifestação é esporádica, se só de vez em quando repara-me dos dias sempre iguais, é porque motivam-na especiais condições e circunstâncias. Não sei quais ainda, nem sei se saberei um dia. Meu papel é cumprir minha mania da melhor maneira possível.

Foi por simples acaso que avistei do outro lado da praia, entre as pedras, um outro sujeito, que, numa posição simétrica à minha, o ombro voltado pra mim, atirava com igual força e tão longe quanto iam os meus arremessos, pedras e mais pedras contra o mar. A cada dois ou três arremessos ele fazia uma graça: jogava a pedra de um ângulo tal, que ela deslizava sobre a superfície encrespada e ia pulando, saltitando as ondas e a sombra arisca dos peixes sob a água. E eu fazia o mesmo, de cá, de uma posição de contraste, de quase negativo. Então parei e me dispus a compreender e avaliar meu opositor. E tomei um susto quando percebi, mesmo de longe, que ele era eu, e vice-versa. Que em nada diferíamos. Que ele tinha barba e eu também tinha, que ele era magro e eu também era, que seus braços eram ágeis como os meus, que seu corpo e seus membros, e provavelmente seus olhos, se imobilizavam na contemplação da fuga das pedras, que suas costas sob a camisa fina reluziam contra o sol, que seus cabelos negros ao céu azul-cobalto da tarde adquiriam um tom azulado que em mim sempre me intrigou, e que ao fim do ato, daquela mania estúpida, ele se abaixava, feria a areia com as mãos delicadas na extremidade dos braços esguios, mas possantes, e enterrava o balde, o cobria da curiosidade alheia durante a volta, no ônibus, e que ele tomava o ônibus no mesmo ponto que eu, e que a única diferença entre meu ônibus e o dele era que as duas linhas, circulares, em determinado trecho se separavam, uma ia pra direita e a outra pra esquerda, até que, fechado o círculo, lá na praia de nossa obsessão, voltassem a se encontrar, se espelhar, se fundir, no vôo cego do trajeto...

Permaneci atônito, olhando-o. Até suas roupas se assemelhavam às minhas. O corte do cabelo, a altura, o andar, o leve pender de lado ao ficar muito tempo inerte e voltar a se mover, avaria que a má formação vertebral me legou e que jamais consegui corrigir, apesar das milhares e exaustivas sessões de terapia e natação... Tudo nele me era recíproco. A primeira idéia que me ocorreu foi a de que eu tivesse um irmão gêmeo. Mas logo afastei essa possibilidade. Eu provinha de outro estado, e minha família aportou aqui por acaso, em virtude de uma inesperada e necessária transferência que impuseram a meu pai. Portanto, não era possível. O mais provável, e inacreditável, e mesmo assombroso, era que eu tivesse um sósia, um duplo exato, um igual-real a mim. Depois do que eu presenciara, não havia a menor dúvida: eu tinha, e perto, separado apenas alguns quilômetros de mim, um ser simétrico e perfeito que me repetia e a quem eu repetia, sem saber.

••

Em casa, ainda assustado, me estendi no sofá e fiquei esperando por Júlia. Ela demorou a aparecer e quando apareceu estava com muito sono e mal ouviu o que eu lhe disse. Assim, passei a noite em claro, ao seu lado, velando seu sono e pensando no estranho caso em que me sentia enredado. Finalmente decidi encontrar meu sósia. E me perguntei se ele também não saberia de minha existência, se tudo que acontecera comigo, seu conhecimento gradativo, através de fatos miúdos que aos poucos evidenciaram o quebra-cabeça na praia, não teria também acontecido a ele. Se assim fosse, ele saberia tanto de mim quanto eu sabia dele... E (grande iluminação a minha!) já que éramos tão iguais em tantas coisas e detalhes, o que eu pensasse ele pensaria, o que eu projetasse ele projetaria. Portanto, eu só precisava ter coragem e imaginar um encontro. Do outro lado da cidade ele também o estaria imaginando, e o local para onde nos dirigiríamos, por livre escolha, seria o mesmo, seria um...

Amanheceu. Júlia acordou sobressaltada com o sol sobre o rosto, seu calor sufocante de todas as manhãs, e começou a me contar seus sonhos mais recentes, aqueles cujas seqüências ainda guardava protegidas da claridade do dia e do despertar das obrigações. No mais extenso e preciso, eu aparecia em sua casa e lhe falava a respeito do sósia, que eu afinal havia encontrado.

— E realmente encontrei.

Ela me olhou incrédula. Sua nudez banhada de sol talvez também fosse dupla, estivesse naquele momento em algum outro lugar, outra cama, em semelhante posição, à frente de semelhantes olhos... Tomei-a em meus braços com inaplacável desejo. No calor do ato, suor à tona, pensei que eu não era o único, naquele instante, a possuir uma mulher; que havia outro de mim, sobre outra mulher, e que ele me pensava, me impelia, e eu a ele, reciprocamente.

••

Sempre adorei os trens, seus trilhos e rumos fixos. E foi à beira da ferrovia, num começo de noite, que imaginei o encontro com meu duplo. Pensei nele muitos dias e afinal me dirigi ao local imaginado, na hora imaginada e nas circunstâncias imaginadas, de férrea obstinação pelo mistério.

Ele chegou quando eu não mais tinha esperança de vê-lo: quando, olhando de um lado a outro, os trens já imóveis sobre os trilhos, pesados de sono, à espera de que o sol voltasse a nascer, eu só via o silêncio. Ele veio devagar, caminhando ao longo da linha, entre os trilhos, a passos largos, dormente por dormente. A brita solta parecia rocha, não se deslocava com a pressão de seus pés, como acontece às vezes ao peso veloz das rodas de ferro. Ele não era um trem, nem eu o era. Me levantei do trilho gélido e esperei que se aproximasse. Mas estacou de repente, a uma considerável distância. Eu mal podia reconhecê-lo. Sua barba, como a minha, era uma extensão da noite.

Resolvi eu mesmo me aproximar. Ele se conservou parado, as mãos nos bolsos, envolto pela noite clara e sem vento. Cinco metros agora nos separavam. Parei. E movi, voluntariamente, mas sem emitir qualquer som, meus lábios secos de frio. Daí a segundos ouvi, dos lábios de meu duplo, o eco do que deixei de falar:

— Você...?

De pronto meus lábios emitiram, em som claro e audível:

— Você...?

— Eu — pronunciei depois, e ele o repetiu, numa emoção quase igual à minha:

— Eu...

— Nós... — dissemos juntos, ao mesmo tempo, em seguida, num resfolegar largo e uníssono.

E pela primeira vez no mundo e no tempo, e talvez no universo, neste tempo maior e incompreensível, pródigo de zeros, que são as noites sobre noites do incansável transcurso humano, os trilhos se encontraram antes do infinito... Mas se encontraram muito rápido, num roçar apenas, um leve toque, e depois seguiram, firmes e lisos, fulgurantes.

Dois não podem ser um: não há número este redutível por si mesmo que dispense um agente; e o agente é a dor, ou o amor, a morte... Compreendi isso muito bem e, com a inabalável certeza de que não me arrependeria, decidido a não sofrer, a não levar tão longe o conhecimento do mistério, dei as costas para mim — reciprocamente.

Projeto gráfico ELAINE RAMOS
Ilustração da capa e das pp. 6-9 ANDRÉS SANDOVAL

Catalogação na Fonte do Departamento Nacional do Livro
[Fundação Biblioteca Nacional]

Gallo, Mayrant [1962-]
Mayrant Gallo: O inédito de Kafka
São Paulo: Cosac & Naify, 2003
200 p.

ISBN 85-7503-228-3 CDD 869.3B

1. Literatura brasileira 2. Narrativa brasileira
3. Mayrant Gallo

COSAC & NAIFY
Rua General Jardim, 770, 2º andar
01223-010 — São Paulo SP
Tel [55 11] 3218-1444
Fax [55 11] 3257-8164
info@cosacnaify.com.br
www.cosacnaify.com.br

Atendimento ao professor: [55 11] 3218-1466

tipologia Melior e Foundry **papel** alta print 120 g/m²
impressão Geográfica **tiragem** 3.000 exemplares